LE PROSCRIT,

OU

LES GUELFES ET LES GIBELINS,

TRAGÉDIE

EN CINQ ACTES ET EN VERS,

REPRÉSENTÉE AU THÉATRE-FRANÇAIS LE 9 JUILLET 1827;

ET DÉDIÉE

Au Souffleur de la Comédie Française,

PAR

A. V. ARNAULT,

DE L'ANCIEN INSTITUT DE FRANCE.

En quo discordia cives
Perduxit miseros !
VIRG.

PARIS.

LADVOCAT; DELAUNAY; PONTHIEU ET Cᵉ; BARBA;

AU PALAIS-ROYAL.

1828.

IMPRIMÉ CHEZ PAUL RENOUARD.

LE PROSCRIT,

ou

LES GUELFES ET LES GIBELINS;

TRAGÉDIE EN CINQ ACTES.

1828.

IMPRIMÉ CHEZ PAUL RENOUARD,

RUE GARENCIÈRE Nº 5, F. S.-G.

LE PROSCRIT,

ou

LES GUELFES ET LES GIBELINS,

TRAGÉDIE

EN CINQ ACTES ET EN VERS,

REPRÉSENTÉE AU THÉATRE-FRANÇAIS LE 9 JUILLET 1827;

ET DÉDIÉE

AU SOUFFLEUR DE LA COMÉDIE FRANÇAISE,

PAR

A. V. ARNAULT,

DE L'ANCIEN INSTITUT DE FRANCE.

En quo discordia cives
Perduxit miseros!

VIRG.

PARIS.

LADVOCAT; DELAUNAY; PONTHIEU ET Cᵉ; BARBA;

AU PALAIS-ROYAL.

1828.

ÉPITRE DÉDICATOIRE

AU

SOUFFLEUR DU THÉATRE FRANÇAIS. (1)

MONSIEUR,

Tous les auteurs ne sont pas des ingrats; j'en sais qui ont fait hommage de leurs succès à l'artiste auquel ils en étaient plus particulièrement redevables. J'imite ce noble exemple : je vous dédie les *Guelfes*.

Mademoiselle Duchesnois, M. Joanny, M. Ligier ont contribué sans doute à la réussite de cet ouvrage par un zèle égal à leur talent. Mais quoi qu'ils aient fait pour moi, ont-ils fait autant que vous, monsieur ? j'en appelle à leur témoignage.

Souffler n'est pas jouer, dira M. Firmin qui est plus fort encore au jeu de dames qu'aux jeux de la scène (2): à cela je réponds, comme Sganarelle: oui et non.

Quand le souffleur donne seulement le mot à l'acteur, quand il ne fait que soutenir la mémoire

du comédien, non certes, *souffler n'est pas jouer.*
Mais quand l'acteur prend tout du souffleur, tout,
depuis le premier jusqu'au dernier vers de son
rôle ; quand votre voix couvre la sienne ; quand
c'est vous seul qu'on entend pendant qu'il gesti-
cule, certes, *c'est jouer que souffler.*

N'est-ce pas là, monsieur, ce qui est arrivé,
non-seulement à la première, mais à chaque représentation des *Guelfes?* n'est-ce pas vous qui
avez véritablement joué le rôle de M. Firmin?

Sa mémoire est, dit-il, des plus mauvaises. Cela
se conçoit d'après le système qui place le siège
de la mémoire dans la tête (3); mais dans la circonstance, M. Firmin ne rejette-t-il pas sur sa
mémoire le tort de sa volonté?

« Et pourquoi, me direz-vous, M. Firmin man-
« querait-il de bonne volonté envers vous qui en
« avez pour tout le monde? envers vous qui, par
« votre âge, et peut-être aussi par vos malheurs,
« si ce n'est par d'anciens succès, avez droit au
« moins aux égards qu'on ne refuse pas à l'éco-
« lier qui débute ? »

Tels sont en effet les droits que je me savais

à la complaisance de M. Firmin ; et ces droits, je croyais les avoir fortifiés en lui offrant un des rôles les plus importans dans ma tragédie, le rôle que vous avez soufflé ou que vous avez joué : c'est bonnet blanc et blanc bonnet.

J'étais bien loin de soupçonner que cet honneur fait au talent de M. Firmin fût une injure à ses prétentions. C'est pourtant ce qui est arrivé.

La succession de Talma était ouverte. Quand l'empire du monde vint à vaquer, tous ceux qui prétendirent à la succession d'Alexandre n'étaient pas des héros. J'aurais dû m'en souvenir. Mais profite-t-on toujours des leçons de l'histoire?

Je ne m'imaginais pas que l'héritier de l'Alexandre dramatique dût être celui de ses survivans qui lui ressemble le moins.

La nature s'était montrée bien prodigue envers Talma. Le physique en lui répondait au moral ; c'est un corps élégant qu'habitait son âme brûlante ; c'est une tête admirable qu'animait sa vaste intelligence ; c'est une voix puissante dont l'accent pathétique et solennel servait d'organe à son inépuisable sensibilité, à son infatigable énergie.

Tout ce que la nature peut donner, Talma le possédait; et Talma possédait aussi tout ce que l'art
peut acquérir.

Si bien partagé qu'il soit, M. Firmin réunit-il en
lui toutes ces perfections? Son physique un peu
gréle ne messied pas à tous les jeunes rôles;
mais s'accorde-t-il avec la dignité qu'exigent les
rôles du premier emploi? Sa voix n'est pas dé-
nuée de charme dans l'expression des sentimens
affectueux, mais a-t-elle la vigueur qu'exigent les
habitudes graves et les sentimens violens? Son
intelligence ne manque pas d'étendue; mais ses
moyens d'exécution y répondent-ils, quand il veut
sortir des bornes où la nature l'a circonscrit?

La fierté de l'aigle peut se trouver dans le
cœur d'un pigeon, et le courage d'un lion dans
le corps d'un bichon. Mais quelque sentiment
qui l'anime, un bizet ne peut que roucouler, un
roquet ne peut que hogner : or, ces accens n'ont
pas tout-à-fait l'autorité d'un cri du roi des airs,
d'un rugissement du roi des bois.

D'après ces judicieuses réflexions, distribuant
les rôles de ma tragédie aux acteurs qui ont les

aptitudes les plus analogues aux caractères de ces rôles, j'avais donné celui d'*Uberti* à M. Ligier, acteur doué d'une voix et d'une figure imposantes, et j'avais réservé à M. Firmin le rôle du tendre et passionné *Thébaldo*. De quoi diable m'avisai-je?

De même que tout Anglais dit, partout où il rencontre de l'eau salée: *ceci est à nous*. De même partout où il rencontre un rôle fait à la physionomie de Talma, M. Firmin dit : *ceci est à moi!* (4)

Le rôle d'*Uberti* avait été destiné à Talma, et je ne l'offrais pas à M. Firmin! Le rôle d'*Uberti* était revendiqué par M. Firmin, et je ne le reprenais pas à M. Ligier! double crime de lèse-majesté! Comme la majesté de M. Firmin m'en a puni! Elle accepta le rôle que je lui offrais.

Confident des secrets de la comédie, vous savez, monsieur, quels ont été les effets de cet acte de complaisance. Mis à l'étude en avril, les *Guelfes* pouvaient être représentés en mai, sous la propice influence du printemps; ils ne l'ont été qu'en juillet, sous le poids de la canicule. Ainsi l'avait décrété M. Firmin.

Oh! puissance de la force d'inertie! Quand plusieurs vaisseaux marchent de conserve, la vitesse commune est réglée sur celle du plus mauvais voilier. La marche commune en cette circonstance aussi fut réglée sur la mémoire de M. Firmin, laquelle était réglée, comme vous savez, par sa bonne volonté.

Cette bonne volonté a pensé compromettre les intérêts de ma réputation. Mais tout se compense : à quel point, monsieur, n'a-t-elle pas servi les intérêts de votre gloire ! Tous les journaux en font foi. N'est-ce pas elle qui, vous exhumant du trou où jusqu'alors vous aviez enfoui votre capacité, l'a révélée au public ? n'est-ce pas elle qui, vous élevant au niveau des acteurs aux pieds de qui vous vous étiez caché jusqu'alors, leur a donné en vous un interlocuteur ?

Déclamant, tandis que M. Firmin gesticulait, vous avez, il est vrai, transporté des boulevarts sur le Théâtre-Français une imitation de ce concert singulier d'un déclamateur qui, sans se laisser voir, et d'un gesticulateur qui, sans se faire entendre, concourent à l'exécution d'un même rôle; et des gens d'un goût méticuleux s'en sont formalisés. Mais que vous importe : ce n'est pas vous, monsieur, qui dans ces scènes faisiez le polichinelle; et que m'importe à moi, puisqu'en agissant ainsi vous avez sauvé ma pièce! D'ailleurs, est-ce là le premier emprunt, et l'emprunt le moins honorable que votre noble théâtre ait fait à ceux des boulevarts ? (5)

Grâce à cet accord admirable, les *Guelfes* ont eu quelques représentations. Mais pourquoi leur cours suspendu par un voyage de mademoiselle Duchesnois, n'a-t-il pas été repris à son retour, ainsi que l'a demandé cette grande actrice, et que l'annonçait l'affiche? (6)

M. Firmin s'y refuse. Le rôle de *Thébaldo*, dit-il, est sorti de sa mémoire. Il faudrait pour cela qu'il y fût jamais entré. Mais que nous fait après tout qu'il sache son rôle ou non ? N'en peut-il user à l'avenir comme par le passé ? Manquera-t-il de mémoire tant que vous ne lui manquerez pas ? Sa mémoire n'est-elle pas au bout de votre langue qui n'est pas paralysée, comme on sait ?

Mais les difficultés qu'on dit venir de M. Firmin, ne viendraient-elles pas de vous, monsieur? Accoutumé à opérer sous terre, ne serait-ce pas vous qui en secret les susciteriez? Vous n'avez pas part entière, comme M. Firmin. Payé en souffleur, quand vous faites le service d'un acteur, et d'un premier acteur, ne vous lasseriez-vous pas de ne vous essouffler que pour la gloire; et ne vous opposez-vous pas dans l'ombre à la reprise d'une pièce pendant laquelle vous n'avez pas le temps de respirer?

De la justice, monsieur, de la justice: M. Firmin vous doit sans doute une indemnité, réclamez-la; mais ne compromettez pas les intérêts du Théâtre-Français en entravant son service, en l'empêchant de satisfaire aux droits d'un auteur. Cela peut tirer à conséquence. Le nombre des auteurs mécontens de lui à juste titre n'est déjà que trop grand; gardez-vous de l'augmenter.

Le second théâtre, quoi qu'on ait fait pour le tuer (7), n'est pas mort encore. Serait-il impossible de le remettre sur pied? Les acteurs qu'on en a détachés pour en encombrer le premier théâtre, qui les paie moins pour jouer chez lui que pour ne jouer nulle part, ces acteurs, dis-je, ne pourraient-ils pas enfin se lasser d'une condition qui, de la classe des curés les fait descendre dans celle de vicaires, ou plutôt qui d'évêques qu'ils étaient les a fait meuniers? Enfin, ne reste-t-il pas encore à l'Odéon un noyau de troupe tragique (8)? et l'école de déclamation n'a-t-elle pas de sujets qui puissent le grossir? (9)

Pensez-y, monsieur : la tragédie qu'on semble vouloir étouffer à la rue de Richelieu, pourrait retrouver un refuge au faubourg Saint-Germain, qui fut son berceau (10) et celui du Théâtre-Français. Vous ne feriez pas mal d'en souffler un mot à messieurs du comité.

Au reste, quoi qu'il advienne, croyez, monsieur, que les obligations que je vous ai, ne sortiront pas de ma mémoire qui n'est pas ingrate comme celle de M. Firmin. Que ne puis-je manifester ma reconnaissance par un hommage plus digne de vous! Vous dédier une tragédie, et une tragédie en vers, par le temps qui court (11)! mais chacun s'acquitte en sa monnaie : ne refusez pas la mienne.

Souvenez-vous, monsieur, que Benoît XIV n'a pas dédaigné la dédicace de *Mahomet*. Je ne suis pas un Voltaire, je le sais; mais vous n'êtes pas un pape. Tout considéré, peut-être sommes-nous dans des rapports équivalens à ceux où se trouvaient ces deux illustres personnages. D'ailleurs, prenez cela en attendant mieux.

Classique par principe et par habitude, je ne me suis pas cru jusqu'ici assez de génie pour me passer de rime et de raison. Mais qui sait! peut-être serai-je un jour en état de m'essayer dans le genre romantique? Si je m'éloigne de l'âge où on extravague, je m'approche de celui ou l'on radote. Patience donc.

Je suis avec toute la considération qui vous est due,

MONSIEUR,

Votre très humble et très obéissant serviteur,

ARNAULT.

NOTES ET REMARQUES

L'ÉPITRE DÉDICATOIRE.

(1) *Au souffleur du Théâtre-Français.*

Trois personnages sont décorés de ce titre ; leur importance toutefois diffère, non pas en raison de celle de leur office, laquelle est toujours le même, mais de celle du genre auquel s'applique leur talent. Donne-t-on un ouvrage du genre par excellence, un ouvrage romantique, *Louis XI* ou *Emilia ?* le souffleur en chef prend le cahier, et pas un trait de cette noble prose n'arrive aux oreilles des acteurs sans avoir passé par sa bouche. Mais s'il s'agit d'un ouvrage classique et d'un ouvrage en vers, se retranchant alors dans sa dignité, comme ce bourreau qui n'exécutait que des gentilshommes : *expédiez-moi cela, vous autres,* dit le souffleur en chef, en passant le cahier-roturier à ses substituts. Ses fonctions pour la haute comédie sont déléguées au second souffleur, et abandonnées, pour la tragédie, au troisième, à l'homme laborieux et modeste à qui celle-ci est dédiée.

(2) *Qui est plus fort encore au jeu de dames qu'aux jeux de la scène.*

Les dames, c'est du jeu qu'il s'agit, *les dames* sont en effet la passion dominante de cet artiste qui n'y est pourtant pas de la première force. Il sait toutefois concilier cette passion avec ses devoirs et n'est guère moins empressé à quitter sa partie pour entrer en scène, qu'à quitter la scène pour reprendre sa partie, quand il a affaire au public. Quand il a affaire aux auteurs, il n'y met pas à la vérité la même prestesse : mais, comme il ne s'agit que de répétitions, n'arrive-t-il pas toujours assez tôt quand il arrive ?

(3) *Cela s'explique par le système qui place le siège de la mémoire dans la tête.*

Le siège de la mémoire varie suivant les individus : il était dans le ventre chez ce comédien à qui Voltaire envoyait ses variantes dans un pâté ; mademoiselle Contat le plaçait dans le cœur, et sa mémoire était excellente.

(4) *Ceci est à moi.*

En conséquence de ce droit, M. Firmin se dispose à jouer *Hamlet* ; il a même acheté, dit-on, pour cela le costume que Talma portait dans ce rôle. Qu'il y pense, cet habit-là n'est pas fait à sa taille ; et d'ailleurs on n'a pas toujours pris pour lion tout ce qui a porté une peau de lion.

(5) *Ce n'est pas l'emprunt le moins honorable que votre théâtre ait fait à ceux des boulevarts.*

Louis XI et *Emilia*, dont nous apprécions tout le mérite, semblent en effet avoir été empruntés, si ce n'est dérobés, aux théâtres des boulevarts. Si, pendant la représentation de ces pièces, l'orchestre sortait quelquefois de sa léthargie, soit pour annoncer, par une fanfare, l'entrée et la sortie des personnages, soit pour expliquer, par une ritournelle, ce que le discours n'a pas fait comprendre, bien qu'on soit dans l'enceinte consacrée à Corneille, à Racine et à Voltaire, on se croirait vraiment à *l'Ambigu-comique* ou à la *Gaîté*. Il ne manque plus que cela pour compléter l'illusion. Espérons que les régénérateurs de ce théâtre nous sauront gré de la remarque et qu'ils en profiteront pour le perfectionnement de la scène française.

(6) *Et que l'annonçait l'affiche.*

Depuis six mois et même encore aujourd'hui, l'affiche porte : *En attendant les Guelfes et les Gibelins :* probablement ne le portera-t-elle plus demain.

(7) *Quoi qu'on ait fait pour le tuer, le second théâtre n'est pas mort.*

Le second théâtre, quoique le premier affectât de le déprimer, l'importunait. Il lui déplaisait au moins comme concurrent dans l'exploitation d'un répertoire qu'il regarde comme sa propriété particulière ; c'était d'ailleurs un recours ouvert aux auteurs qui, négligés ou repoussés par lui, jugeraient à propos d'en appeler, ainsi que l'ont fait l'auteur d'*Agamemnon* et celui des *Vêpres Siciliennes*. Ce théâtre avait été institué par une ordonnance du feu roi pour exploiter le haut genre concurremment avec le Théâtre-Français. N'osant pas la déclarer nulle, on s'étudia à anéantir l'établissement dans l'intérêt duquel elle avait été rendue, et l'on y est presque parvenu en embauchant la majeure partie des sujets dont le talent soutenait au second théâtre la tragédie et la haute comédie. Par suite de cette manœuvre, le budget du Théâtre-Français se trouve à la vérité surchargé des traitemens faits à ces recrues qui ne lui sont pas toutes utiles. Mais la ruine du second théâtre consommée, on allégera facilement cette charge en congédiant ceux des acteurs embauchés qu'on n'aura pas jugé à propos d'admettre au rang des sociétaires. Ainsi la tragédie, la haute comédie, proscrites par la politique des uns et par la poétique des autres, céderont la plus noble des scènes aux ignobles productions qu'on prétend leur substituer. Espérons que l'exécution de ce projet ne se prolongera pas au-delà de l'existence du ministère des Vandales qui l'a conçu.

(8) *Ne reste-t-il pas encore à l'Odéon un noyau de troupe tragique ?*

Ce noyau suffit à peine à l'exécution de quelques tragédies ; mais il se grossirait facilement si l'on appelait à l'Odéon les acteurs tragiques épars dans la province, tels qu'Eric-Bernard, Lagardère et sa femme, et si l'on y recueillait les sujets qui, comme Victor, ont été repoussés du théâtre pour lequel on les avait accaparés. Un directeur de l'Odéon pourrait quelque jour avoir cette idée et reconnaître qu'il y aurait honneur et profit pour lui à exploiter le patrimoine répudié par les comédiens de la rue de Richelieu ; patrimoine auquel est pourtant attaché le titre de *Théâtre-Français* et la protection spéciale accordée à ce titre. C'est pour en soutenir l'honneur qu'en outre des cent mille francs de rente qu'il a constitués au profit du premier théâtre, le gouvernement lui accorde annuellement une somme au moins égale, pour être distribuée en complément de traitement aux premiers sujets ; or, cet honneur ne saurait consister à faire prospérer sur la scène française le drame allemand, la tragédie anglaise ou le mélodrame, aux dépens du répertoire français.

(9) *L'école de déclamation n'a-t-elle pas des sujets qui puissent le grossir ?*

Talma, Lafon, entre autres, sont sortis de cette école qui a formé aussi des sujets célèbres dans des genres différens de celui où ces deux acteurs ont acquis leur réputation. On ne donne pas là de l'âme aux jeunes gens qui n'en ont pas ; mais on y enseigne, à ceux qui en ont, à exprimer convenablement les beautés qu'ils sentent, et on leur apprend, par la tradition, comment les grands comédiens des âges précédens les ont exprimées. Les professeurs de cette école sont choisis parmi les premiers sujets du Théâtre-Français. Préville, Dugazon, Monvel, Dazincour, Molé, Grandmesnil y ont enseigné les secrets de l'art dont ils continuaient l'honneur.

MM. Saint Prix, Lafon et Baptiste aîné, qui leur succèdent au même titre, ne sont pas moins utiles au même titre aussi.

Cette note était déjà livrée à l'imprimeur quand les journaux ont annoncé que la classe de déclamation française près du Conservatoire était supprimée; que sur la somme affectée jusqu'alors au paiement des professeurs de déclamation française, on prélevera douze mille francs pour solder un professeur de chant italien, et qu'il sera fait économie du reste.

Cependant les gens de lettres adjoints, *dans l'intérêt de l'art*, à ceux des comédiens français qui font partie du comité de lecture et jugent les pièces *dans l'intérêt du métier*, se sont vus forcés de se retirer de ce comité où l'on a su annuler leur influence.

Cependant, on dit hautement au Théâtre-Français que c'est bien assez de sacrifier encore quelques jours dans le mois à Racine, à Corneille et aux classiques, sans surcharger désormais le répertoire de nouvelles pièces composées dans leur système.

N'est-il pas évident que l'on veut expulser de la scène française le genre qui caractérise notre théâtre entre tous les théâtres de l'Europe?

On dira bientôt ne plus pouvoir jouer l'ancien répertoire faute de sujets, après leur avoir fermé l'école pour ne plus pouvoir jouer l'ancien répertoire.

On ne peut le dire assez haut, jamais le Théâtre-Français n'a été dans une plus déplorable situation; jamais il n'a été plus près de sa ruine, voulue par une politique abjecte. Cette volonté qui survit au pouvoir de l'Érostrate bas-breton dont elle émane, et à celui du démolisseur berrichon qu'il avait pour complice, n'est encore que trop bien servie par l'ineptie des uns, par l'extravagance des autres, par la présomption de tous. Mais pour arrêter les effets du complot de cette autre *bande noire*, peut-être suffit-il de le démasquer. Un mémoire sur la situation actuelle du Théâtre-Français serait d'une grande utilité dans la circonstance. Quelqu'un, dit-on, s'en occupe.

(10) *Son berceau est aussi celui du Théâtre-Français.*

Le Théâtre-Français de la rue de Richelieu fut formé en 1791 d'un démembrement de la Comédie-Française, qui était établie dans le local de l'*Odéon*, originairement construit pour elle. Mécontent de la sujétion où il était maintenu par ses chefs d'emploi, Talma fut plus empressé que qui que ce soit à venir chercher là une scène où il pourrait déployer et perfectionner dans le rang que lui assignait sa supériorité, le talent qu'on tenait relégué dans les rôles infimes. Dugazon, madame Vestris, Monvel, Grandmesnil, Michaud se réunirent à lui, et l'art dramatique, affranchi du despotisme d'un seul théâtre, vit éclore en deux années plus d'ouvrages remarquables que n'en avaient produit les dix années antérieures. Point de progrès dans quelque art, dans quelque profession que ce soit, sans la concurrence.

(11) *Une tragédie en vers, c'est bien peu de chose par le temps qui court.*

C'est surtout contre la tragédie en vers que se déchaînent aujourd'hui les arbitres du goût. Leur répugnance pour les vers l'emporte encore sur leur amour pour le romantisme. Si dans cette série de chapitres intitulés scènes, dont l'ensemble forme un roman intitulé drame, et qu'on débite sous le titre de *Louis XI*, si dans *Louis XI* la prose écossaise de sir Walter Scott eût été versifiée et rimée, ce drame n'eût pas été mieux accueilli d'eux, qu'une tragédie posthume de Racine, bien que le sens commun n'y soit guère plus respecté que dans un mélodrame. C'est à l'absence de la rime aussi qu'*Émilia* doit la faveur dont ces messieurs l'ont honorée. Après avoir entendu la lecture de cette œuvre, *le problème est résolu !* s'écriait un des membres les plus importans du tribunal, par qui elle avait été jugée; *le problème est résolu! nous avons enfin une tragédie en prose.*

Les comédiens français donnèrent jadis cent louis à Thomas Corneille pour mettre en vers une comédie de Molière (*le Festin de Pierre*). Les comédiens français veulent, dit-on, donner aujourd'hui mille louis à un académicien pour mettre en prose les tragédies de Corneille, de Racine et de Voltaire. Est-il bien nécessaire qu'ils s'adressent à un académicien pour cela ? plusieurs d'entre eux ne font-ils pas cette parodie tous les jours ?

Les vers et la rime ne sont pas dans la nature, disent ces amateurs de la nature. Les vêtemens, messieurs, ne sont pas dans la nature, et cependant vous en portez pour vous distinguer de l'homme de la nature; bien plus, vous les portez en belles étoffes, pour vous distinguer de la canaille, et, quand vous êtes en fonds pour cela, vous les ornez de broderie , pour vous faire distinguer même entre les gens bien mis. Ce que l'art fait pour le corps, permettez-lui de le faire pour la pensée, permettez-lui de faire pour l'esprit ce que vous faites pour la matière.

PERSONNAGES.

UBERTI , chef des Guelfes. } Frères.   M. LIGIER.

THÉBALDO , chef des Gibelins. | M. FIRMIN.

DIANORE, fille d'un Guelfe.   Mlle DUCHESNOIS.

DORIA, Génois, partisan des Gibelins.   M. JOANNY.

SPADA , écuyer d'Uberti.   M. DUMILATRE.

GUISCARD , écuyer de Thébaldo.   M. LAFITTE.

ALIGHÉRI.   M. DELÊTRE.

CORSO.   M. LECOMTE

COME.   } Guelfes.   M. CASANEUVE.

PAZZI.   M. LAFOSSE.

MATHILDE , suivante de Dianore.   Mme MASSON.

GUELFES ET GIBELINS.

Les Guelfes portent sur leurs manteaux les clefs papales , et les Gibelins une simple croix. Les premiers ne doivent prendre ce signe de ralliement qu'au moment du combat, à la fin du troisième acte.

La scène est à Florence dans le palais des Uberti.

LE PROSCRIT,

ou

LES GUELFES ET LES GIBELINS.

~~~~~~

ACTE PREMIER.

Le théâtre représente une salle décorée dans le goût du moyen âge.
Dans le lieu le plus apparent flotte le drapeau des Gibelins.

———

SCENE I.

THÉBALDO, DORIA.

THÉBALDO.

C'est peu qu'on ait banni les Guelfes ; ce parti,
Que pouvait rallier le grand nom d'Uberti, (1)
Est tombé, Doria, sous la main mercenaire
Qui, dans notre ennemi, vient de frapper mon frère,
Sous la main d'un brigand qu'au milieu du sénat,
On a vu recevoir pour un assassinat
Plus d'or et plus d'honneurs qu'en sa reconnaissance,
A ses héros jamais n'en accorda Florence.
Cependant nous voyons le Gibelin vainqueur,

2
~~~~~~

De ses lois chaque jour aggravant la rigueur,
Par quelque arrêt nouveau signaler sa furie.
Mon malheur n'est pas même utile à la patrie.
Le sénat de tyrans n'a donc fait que changer!
Tremblant sous un pouvoir qui prétend le venger,
Quand il est opprimé presque autant qu'il opprime,
Je crois sur mon malheur pouvoir pleurer sans crime,
Je crois avoir gardé le droit de regretter
Un sang qu'au prix du mien je voudrais racheter.

DORIA.

En voyant vos douleurs, quel cœur si peu sensible
A la pitié, seigneur, peut être inaccessible?
J'en gémis d'autant plus, qu'ici l'autorité
Pêche autant par erreur que par sévérité.
Persécuter n'est pas gouverner; et j'estime
L'inutile rigueur blâmable autant qu'un crime.
Et puis, quel intérêt entretient nos fureurs?
Insensés, tour-à-tour proscrits et proscripteurs,
Guelfes et Gibelins, quelle erreur nous égare?
Nous vengeons la couronne, ils vengent la tiare :
Disputant d'héroïsme, ou plutôt de fureur,
Pour servir sous un prêtre ou sous un empereur. (2)
Assez et trop long-temps, ainsi que nos ancêtres,
Nous avons combattu pour nous donner des maîtres;
Jamais, par un accord plus saint, mieux concerté,
Ne combattrons-nous donc pour notre liberté?
Voilà ce qu'au sénat qu'abuse un faux système,
Thébaldo, j'osais dire encore à l'instant même.
Mais quoi! de politique il ne saurait changer;

Et puis écoute-t-on la voix d'un étranger?
Dans vos conseils la mienne en vain s'est fait entendre.
Loin qu'à mes sentimens on ait daigné se rendre,
Les plus sages avis, les vœux les plus sensés,
Par le soupçon peut-être y sont récompensés.
C'en est trop : je renonce à servir davantage
Un parti qui n'a plus d'attrait pour mon courage,
Un parti qui, des lois se disant défenseur,
D'opprimé qu'il était, s'en est fait l'oppresseur.
Dans trois jours, Thébaldo, plus tôt encor peut-être,
Je pars, je vais revoir les murs qui m'ont vu naître,
Murs de Gêne! où j'ai pris, où j'aurai rapporté
L'amour de la justice et de la liberté.
Mais avant, permettez que je vous entretienne
D'un intérêt qui touche et votre âme et la mienne;
Permettez qu'à l'instant où je vous vois pleurer,
Tout en plaignant ce cœur que je vais déchirer,
Sans faux ménagemens, je vous reparle encore,
Non pas de mon amour pour votre Dianore,
Non pas de sa beauté dont le fatal pouvoir,
Plus puissant une fois que la voix du devoir,
Entraîna, malgré lui, votre infortuné frère
Dans le parti qu'avait combattu votre père;
Mais du nouveau malheur prêt sur elle à tomber,
Et sous lequel ce jour peut la voir succomber.

THÉBALDO.

Parlez, seigneur, parlez, apprenez-moi de grâce
Le danger imprévu dont ce jour la menace?
Ne dissimulez rien...

. DORIA. .

Votre cœur attendri
Sur le sort d'un objet qu'un frère a tant chéri,
Contre tous les efforts de la guerre civile,
A cet enfant d'un Guelfe osa donner asile.
J'ai su vous admirer ; mais d'un œil rigoureux
D'autres ont vu, seigneur, cet élan généreux,
De vos ressentimens ce noble sacrifice
D'un prochain abandon n'est pour eux qu'un indice.
« Son frère, disent-ils, nous quitta sans retour
« Dès qu'avec Dianore il a connu l'amour ;
« Pour obtenir sa main qu'une haine obstinée
« Aux yeux d'un Gibelin n'avait pas destinée,
« Par sa flamme entraîné de l'erreur au forfait,
« Que n'a-t-il pas promis et que n'a-t-il pas fait ? »
Instruit par le passé de l'ascendant extrême
Que la beauté sur nous obtient malgré nous-même,
Dans ses soupçons ainsi le sénat vous voit prêt
A tout sacrifier à ce tendre intérêt ;
Et cette inquiétude enfin s'accroît encore
Par la perte qu'ici votre douleur déplore,
Perte qui, délivrant votre cœur attristé
Des nœuds où la vertu le tenait arrêté,
Lui permet d'allier avec sa propre estime
L'amour où l'amitié ne peut plus voir un crime.
Ces soupçons que mon cœur ne saurait partager,
En de plus grands périls pourraient bien engager
L'intéressant objet d'un premier sacrifice.
Epargnez au sénat cette lâche injustice.

Je sais qu'il la médite. Employez les instans :
Seigneur, demain peut-être il ne sera plus temps.

THÉBALDO.

Ainsi contre une femme un peuple entier conspire.
Digne effet des vertus que ce temps nous inspire !
Ce temps où sans relâche on voit l'autorité
Flotter entre la crainte et la férocité,
Où l'on verse le sang en défendant les larmes !
Nos décrets sont encor plus cruels que nos armes.
Mais du sénat en vain la froide inimitié
En crime, par ses lois, croit changer la pitié ;
A de pareilles lois pouvons-nous condescendre ?
Dites-moi donc, seigneur, le parti qu'il faut prendre :
Si dangereux qu'il soit, je ne trahirai pas
La faiblesse qu'on veut immoler dans mes bras.

DORIA.

Il n'en est qu'un : malgré l'intérêt qui m'anime,
Je voudrais aux bourreaux dérober leur victime,
Et cependant, seigneur, ne pas vous arracher
Celle à qui vos bienfaits ont dû vous attacher ;
A le vouloir pourtant souffrez qu'on vous invite.
Permettez, ordonnez qu'elle parte au plus vite.

THÉBALDO.

Sa perte est donc sûre ?

DORIA.

                    Oui, si pour l'en garantir,
A l'éloigner, seigneur, vous n'osez consentir.

THÉBALDO.

Qu'elle abandonne donc cette triste demeure.

Qu'elle parte aujourd'hui, dès ce soir, tout-à-l'heure ;
Je saurai l'y résoudre en dépit de ses pleurs,
S'il ne lui reste plus que le choix des malheurs.
L'effort me coûtera ; mais vous pouvez l'attendre
De l'intérêt, ensemble et si noble et si tendre,
Que cette infortunée a fait naître en mon cœur
Emu par ses attraits moins que par sa douleur,
Que par le sentiment qui croit, en sa misère,
Alléger même encor les peines de mon frère.
Qu'elle parte. Il le faut... Mais quel est le plus grand,
Ou du mal qu'elle évite, ou du mal qui l'attend ?
Hélas ! s'il est affreux d'ensevelir sa vie
Dans le séjour du crime et de l'ignominie,
L'est-il moins de chercher en des murs inconnus
L'abri que nos foyers ne nous accordent plus,
La pitié qu'un ami n'a plus pour nos misères,
Le pain même à nos pleurs refusé par nos frères,
Le déshonneur, enfin, que la perversité,
Sous les noms les plus saints, prodigue à la beauté?

DORIA.

Si ce destin l'attend, mon avis est le vôtre.
Ne fuyons pas un mal pour tomber dans un autre.
Mais si votre orpheline en d'autres lieux, seigneur,
Retrouvait un asile, en conservant l'honneur,
Si les nobles attraits dont son front se décore,
Si ce chagrin profond qui l'ennoblit encore,
Lui devaient assurer chez un peuple plus doux
Les biens qu'il lui faut perdre en s'éloignant de vous,
Au seul choix des malheurs la croiriez-vous réduite ?

THÉBALDO.

Achevez !

DORIA.

Laissez-moi la guider dans sa fuite.
Aux lieux où dans trois jours j'aurai conduit ses pas,
Les dangers, croyez-moi, ne la rejoindront pas.
Un seul mot peut, aux bords de notre Ligurie,
Avec un protecteur lui rendre une patrie.
Honoré dans les camps, respecté du sénat,
Là peut-être mon nom n'est pas sans quelque éclat :
Qui s'en revêtirait aurait tout droit d'attendre
Les faveurs que sur moi le peuple aime à répandre,
Seigneur, et ce n'est pas l'appui le moins certain
Qu'obtiendrait Dianore en acceptant ma main.
Ce discours a-t-il rien qui doive vous confondre ?
Vous vous taisez !

THÉBALDO.

Seigneur, que puis-je vous répondre ?
Dianore à ce point ne dépend pas de moi
Que je puisse à mon gré disposer de sa foi ?
Je suis son protecteur, et ne suis pas son père.

DORIA.

A vos avis en tout je sais qu'elle défère.
Pressez-la, par pitié, d'agréer mes secours.
Vos soins jusqu'à cette heure ont veillé sur ses jours ;
Quand ils sont impuissans contre un nouvel orage,
Permettez-moi, seigneur, d'achever votre ouvrage ;
C'est la sauver encore.

THÉBALDO.

Ah! c'est mon premier vœu.
Puisse l'infortunée y donner son aveu!

DORIA.

Sans délai, Thébaldo, faites qu'elle prononce.

THÉBALDO.

Ce soir ici, seigneur, vous saurez sa réponse.

(Doria sort.)

SCENE II.

THÉBALDO (seul).

Ainsi je lui promets d'éloigner de mon cœur
Le seul soulagement qui reste à ma douleur.
Je lui promets de rompre, au gré de son envie,
Le nœud, le dernier nœud qui m'attache à la vie.
Un étranger obtient de ce cœur abattu,
De ce cœur où l'amour n'est plus une vertu,
Le même effort qu'un frère en obtenait à peine.
Dianore! et c'est moi qui vais serrer la chaîne!....
Pourquoi la lui céder?.... Est-il donc un danger
Qu'avec elle j'ai craint jamais de partager?
Il en est mille auxquels je ne puis la soustraire.
Malheureux! réprimons un transport téméraire,
Et ne la jetons pas, pour lui prouver ma foi,
Dans la nécessité de se perdre avec moi.
Quand je la recueillis dans ce palais tranquille
Où ses parens jamais n'avaient trouvé d'asile,

Où mes sombres aïeux, constans dans leur fureur,
Ne proféraient le nom des siens qu'avec horreur,
Où de tout Guelfe, enfin, la perte était certaine,
La pitié seule en moi triompha de la haine.
Plus généreuse, hélas! il faut que, dans ce jour,
Il faut que la pitié triomphe de l'amour;
Il faut que le secret de ma fatale flamme
Rentre et reste à jamais dans le fond de mon âme.
Je le sens, je m'impose un supplice éternel.
Eh bien! sois malheureux et non pas criminel.
Les pleurs, le désespoir, voilà le seul partage
Que j'accepte, Uberti, dans ton triste héritage.
Mon amour à tes droits n'a point été fatal.
En malheur seulement, va! je suis ton rival,
Et quelqu'affreux qu'il soit, ce sort, je le préfère
Au bonheur qui serait un outrage à mon frère;
Mais Dianore vient: contraignons-nous.

SCENE III.

THÉBALDO, DIANORE.

DIANORE.

Seigneur,
Quel étrange intérêt, ou plutôt quel malheur,
Ramène en ce séjour ce Génois qui peut-être
Avait perdu le droit d'y jamais reparaître?
Il fut un des soutiens de votre heureux parti;
Mais, seigneur, l'ennemi, le rival d'Uberti

N'est-il pas à vos yeux plus exécrable encore
Que le plus forcené des Guelfes?

THÉBALDO.

Dianore,
Ce Génois.... il est vrai.... son aspect odieux
A toujours annoncé le malheur dans ces lieux.
Si vous saviez....

DIANORE.

Parlez.

THÉBALDO.

Je ne saurais.....

DIANORE.

De grâce,
Quel que soit le malheur dont ce jour vous menace,
Ne peut-on l'adoucir?

THÉBALDO.

Ce malheur est affreux.

DIANORE.

Je veux le partager.

THÉBALDO.

Il tombe sur nous deux.

DIANORE.

Achevez.

THÉBALDO.

Le sénat....

DIANORE.

Qu'ordonne-t-il?

THÉBALDO.

Mon âme
Contre un pareil décret se révolte et réclame;
Mais, enfin, tout m'oblige à vous le déclarer:
Dès ce jour, Dianore, il faut nous séparer!

DIANORE.

Nous séparer!

THÉBALDO.

Fuyez cette exécrable ville,
Où contre vos tyrans vous n'avez plus d'asile;
Où, malgré la fureur dont je suis enflammé,
Mon faible appui par vous est en vain réclamé.
Fuyez: n'attendez pas le sort que vous prépare
Un sénat trop craintif pour n'être pas barbare.
Sachez qu'en ce moment, inquiet, effrayé,
De voir que tous les cœurs ne sont pas sans pitié,
Peut-être ajoute-t-il à ses lois inhumaines
Celle qui vous condamne à d'éternelles chaînes;
Celle qui nous punit, en comblant vos malheurs,
De l'innocent pouvoir qu'ont exercé vos pleurs.
Fuyez! je vois le fer levé sur votre tête!

DIANORE.

Thébaldo, quel que soit le sort que l'on m'apprête,
Je l'attends.

THÉBALDO.

Ce malheur peut encor s'éviter.

DIANORE.

Ne m'avez-vous pas dit qu'il fallait nous quitter?

THÉBALDO.

Hélas!

DIANORE.

Que le sénat contente son envie.

THÉBALDO.

Comment?

DIANORE.

Je ne veux plus lui disputer ma vie.

THÉBALDO.

Il est de sûrs moyens.....

DIANORE.

Et ne vaut-il pas mieux
Subir sans murmurer la volonté des cieux,
Et céder à la hache une tête innocente,
Que de s'abandonner à la crainte impuissante
Qui tourmente le faible à l'aspect du trépas,
Avilit la victime et ne la sauve pas?
Oui, j'attendrai mon sort, non pas dans cet asile
Où je suis étrangère, où vous étiez tranquille
Avant le jour fatal où, dans mon lâche effroi,
J'y traînai le malheur qui s'acharne après moi;
Mais, aux bords désolés qu'en des temps plus prospères,
Parait et protégeait le palais de mes pères.
Là, comme ici, pour moi je ne vois plus d'abris;
Mais j'y vois une tombe, et, sur ces chers débris,
En expirant du moins, je n'aurai pas à craindre
De vous voir écraser du coup qui va m'atteindre.

THÉBALDO.

Ce projet, Dianore, a droit de m'étonner.

Croyez-vous me résoudre à vous abandonner?
Pourquoi séparez-vous mes intérêts des vôtres?
Vos périls sont les miens, je n'en connais pas d'autres;
S'ils vous touchent, sachez qu'en ce jour malheureux,
C'est vous qu'il faut sauver, pour nous sauver tous deux.
Quand mon frère n'est plus, je suis loin de prétendre
Qu'un veuvage éternel doive honorer sa cendre;
Je le sais trop, le coup qu'en lui l'on m'a porté
Vous fait rentrer, madame, en votre liberté.
Usez, pour échapper aux fers qui vous attendent,
De cette liberté que nos malheurs vous rendent;
Et donnez-vous du moins, au prix de votre foi,
Un protecteur plus libre et plus heureux que moi.
Faites choix d'un époux. Ah! loin de l'Etrurie,
Si mon zèle pouvait vous rendre une patrie,
Et, malgré nos tyrans bravés et confondus,
Vous offrir tous les biens que vous avez perdus,
Le conseil qui m'afflige et qui vous effarouche,
Ne s'échapperait pas de ma timide bouche.
Vous ne me verriez pas vous prier, vous presser
De ne pas dédaigner, de ne pas repousser
Le vœu que Doria par ma voix vous exprime.
Du sénat son amour a découvert le crime;
Et, pour vous arracher à l'arrêt inhumain,
Il n'attend que l'aveu d'où dépend votre main.

DIANORE.

Si de cet aveu seul mon salut doit dépendre,
Seigneur, c'est mon arrêt qu'ici je viens d'entendre:
J'y souscris; aussi bien votre discours m'apprend

Que des malheurs pour moi ce n'est pas le plus grand;
Aux fureurs des tyrans livrez-moi sans défense.
Quelque cruels qu'ils soient, je crains moins leur vengeance
Que le bienfait offert à mon orgueil surpris.
Quand il y mettrait même un plus modeste prix,
Je n'accepterais rien de Doria. Sa flamme,
Ne le savez-vous pas? blessa toujours mon âme;
Et, quoique de ses vœux vous vous fassiez l'appui,
Jamais je ne l'ai tant exécré qu'aujourd'hui.
Ce sentiment, le seul qu'il ait droit de prétendre,
Jusque sur vous aussi ne doit-il pas s'étendre,
Vous qui n'avez pour moi ni fierté ni pitié;
Vous qui, vous prévalant d'une fausse amitié,
Pour sortir du malheur me proposez la honte?
Quand j'allais obtenir une mort noble et prompte,
Fallait-il me sauver pour n'offrir à mon choix
Que les fers du sénat ou la main d'un Génois?
Vous restez interdit. Vous vous taisez.

THÉBALDO.

                       Madame,
D'un tel étonnement vous accablez mon âme,
Que, malgré le dépit qui devrait m'animer,
Je puis trouver à peine un mot pour m'exprimer.
C'est peu que, sur la foi d'une vaine apparence,
Votre cœur prête au mien sa froide indifférence;
Tant d'efforts pour sauver vos jours deux fois proscrits,
Votre injustice aussi les impute au mépris!
Quels autres soins, cruelle, aurait donc pu vous rendre
L'amitié la plus vive ou l'amour le plus tendre?

Oui, l'amour dans ce cœur par vous calomnié,
Tout aussi généreux du moins que la pitié,
L'amour?...

DIANORE.

Que dites-vous? quelle erreur vous abuse?

THÉBALDO.

En me justifiant je sais que je m'accuse,
Que j'avoue un forfait cent fois plus odieux
Que celui dont je veux me laver à vos yeux;
Et pourtant si jamais, par un effort sublime,
Ma vertu s'est créé des droits à votre estime,
C'est moins quand par l'honneur en secret averti,
Quand honteux des fureurs de mon propre parti,
Qui sur le vôtre même enchérissait de crime,
Dérobant aux bourreaux leur plus belle victime,
En mon propre palais j'osai vous accueillir;
Qu'à l'heure où j'ose encor vous presser d'en sortir,
Où, par excès d'amour, féroce envers moi-même,
Je ne vois, je ne sens que le péril extrême
Qui partout vous assiège en ce séjour fatal,
Où je vous prie encor de souffrir qu'un rival
Me ravisse un trésor que je ne puis défendre.
Que dis-je? un tel effort deux fois peut-on l'attendre
De ce cœur qui déjà flottant, irrésolu,
Est presque épouvanté de ce qu'il a voulu?
Fuyez! n'attendez pas que l'intérêt m'éclaire;
Qu'abjurant la vertu pour ne pas vous déplaire,
Ressaisissant le bien qu'elle allait me coûter,
Je jure à vos genoux de ne plus écouter

Qu'un transport... qu'après tout vous rendez légitime.
Eh bien ! que ce palais et s'écroule et m'abîme,
Qu'il couvre de débris nos deux corps expirans,
Avant que je vous rende à l'un de vos tyrans.
Malheur à mon rival !

SCENE IV.

THÉBALDO, DIANORE, SPADA.

DIANORE.

On vient.

THÉBALDO.

Quel téméraire !
C'est Spada, c'est l'ami de mon malheureux frère.
Que viens-tu m'annoncer, Spada?

SPADA.

Séchez vos pleurs;
Il n'est pas accompli le plus grand des malheurs !

THÉBALDO.

Aurait-on révoqué ?

SPADA.

Seigneur, et vous, madame,
A la plus douce joie abandonnez votre âme.
Ce frère, cet amant que vous croyez perdu...

TOUS DEUX.

Uberti !

SPADA.

Dans l'instant va vous être rendu.

THÉBALDO.

Mon frère !

DIANORE.

Il vit !

THÉBALDO.

Mon frère !

SPADA.

Il respire, il vous aime.
Protégé par un bruit qu'il répandit lui-même,
Pour revoir sans danger le palais paternel,
Dans le temple prochain, à l'abri de l'autel,
Il attend, pour rentrer sous ces voûtes plus sombres,
Que la nuit à ses pas prête toutes ses ombres ;
Et dérobe ses traits et sa marche aux regards
Des agens soupçonneux qui peuplent ces remparts.
Il pourrait, toutefois, braver leur vigilance :
Caché sous les lambeaux de l'obscure indigence,
Que craindrait-il ? La haine ainsi que l'amitié
Le confondraient avec ces objets de pitié
Envers qui le bienfait n'est souvent qu'un outrage,
Tant l'art et le malheur ont changé son visage.

THÉBALDO.

Mon frère !

SPADA.

Il vient, seigneur, vos chagrins vont cesser.

THÉBALDO.

Madame...

DIANORE.

Où courez-vous ?

THÉBALDO.

Moi ! je cours l'embrasser!

(Il sort.)

SCENE V.

DIANORE (SEULE).

De ton frère aujourd'hui partageant les alarmes ,
A ta mort, Uberti, quand je donnais des larmes ,
J'étais loin de penser que dans le même jour
Il m'en faudrait aussi donner à ton retour.
N'importe ; à t'obéir je saurai me contraindre.....
Jamais, oh ! non , jamais je ne fus plus à plaindre.

(Elle sort.)

FIN DU PREMIER ACTE.

ACTE DEUXIÈME.

Il fait nuit. La scène est éclairée par des lampes.

SCENE I.

UBERTI , SPADA.

UBERTI.

J'ai revu Thébaldo : dans ses bras j'ai volé.
Il s'est précipité sur mon cœur consolé,
Ce cher et tendre objet d'une si pure flamme,
Le plus doux sentiment qu'ait éprouvé mon âme !
Mais il a peu duré ce premier entretien !
A peine je pressais son cœur contre le mien,
Que l'ordre d'un sénat qui m'est toujours contraire,
Est venu l'arracher à l'amitié d'un frère.
Cet ordre loin de nous le retiendra long-temps.

SPADA.

Je l'ai prévu. J'ai mis à profit les instans.
J'ai convoqué nos chefs : ils vont ici se rendre.
Une fois il t'importe encor de les entendre,
De recueillir leurs vœux, et de tout concerter
Pour assurer le coup qui nous reste à porter.
Cette absence nous sert.

UBERTI.

J'en saurai faire usage.

SPADA.

Pour venir jusqu'à nous il est plus d'un passage,
Je les fais tous garder. Nul ne saurait sortir,
Nul ne saurait entrer qu'on n'en vienne avertir.
Du palais moins que toi ton frère enfin dispose.

UBERTI.

Sur ta prudence, ami, la mienne se repose.
En attendant les chefs, sur un autre intérêt
Puis-je un instant, Spada, te parler en secret ?
De nos persécuteurs l'aveugle indifférence
L'a laissé vivre en paix dans les murs de Florence ;
En mon absence ici que s'est-il donc passé ?
Pendant que Thébaldo me tenait embrassé,
J'ai cru voir, oui, j'ai vu je ne sais quel nuage
Parmi ses doux transports obscurcir son visage.
De ce trouble, dis-moi, quel peut être l'objet ?

SPADA.

Tes périls.

UBERTI.

Tu le crois ?

SPADA.

Et quel autre sujet
En ce cœur généreux peut jeter l'épouvante ?
Tes périls, chaque instant à ses yeux les augmente ;
Sur ta tête proscrite il les voit s'assembler.
Uberti, plus il t'aime et plus il doit trembler.
En ces murs qui bientôt deviendront ta conquête,
Songe qu'au poids de l'or on a payé ta tête ;
Songe que ton arrêt partout s'y voit écrit ;
Songe que les dangers d'un banni, d'un proscrit

Qui vient des proscripteurs affronter la furie,
Croissent à chaque pas qu'il fait vers sa patrie.

UBERTI.

Il faudrait qu'en effet mon frère ait pu changer,
Pour qu'il me vît sans crainte en un pareil danger.
Mon aspect du passé lui rappelle l'histoire,
Les échafauds dressés des mains de la victoire,
Les soldats fatigués faisant place aux bourreaux,
Les cachots épuisés pour emplir les tombeaux,
La loi rendant au fer sa victime échappée,
Et la hache abattant ceux qu'épargnait l'épée.
Si mes efforts, Spada, ne sont pas superflus,
Ces jours, ces jours de sang ne reparaîtront plus.
Près du moment fatal, pour un frère que j'aime,
J'en conviens, cependant, je tremble aussi moi-même.
Car de ses Gibelins, puis-je me le cacher ?
Nul intérêt, ami, ne peut le détacher ;
Il ne la ressent pas, cette fatale flamme,
Ce malheureux amour qui, maître de mon âme,
A la fille d'un Guelfe a pour jamais soumis
Ce bras qu'aux Gibelins mon père avait promis ;
Cet amour qui, déjà si fort dès sa naissance,
Accru par le malheur, irrité par l'absence,
Non moins que la vengeance a pressé mon retour.
Mais qu'est-il devenu l'objet de cet amour ?
A-t-on du sexe en elle épargné la faiblesse ?
A-t-on de son malheur respecté la noblesse ?
N'est-elle pas en proie au desir ravisseur
D'un protecteur perfide ou d'un lâche oppresseur ?

Te l'avouerai-je, enfin, l'idée insupportable
Qui parmi tant de soins et m'obsède et m'accable ?
Connais-tu Doria ? connais-tu ce Génois
Qui, depuis mon départ, au mépris de mes droits,
Au mépris de l'amour le plus vif, le plus tendre,
A la main que j'adore avait osé prétendre ?..
Soutenu du parti qu'à jamais j'ai quitté,
Si, par menace, ami, par importunité,
Quand pour moi le destin s'épuise en injustices,
Il avait obtenu le prix des sacrifices...
Tu sais tout : tu connais mes secrets sentimens,
Parle-moi sans détours ; finis mes longs tourmens.
Par pitié pour ce cœur qui t'aime et qui t'implore,
Quel fut, dis-moi, quel est le sort de Dianore ?
Son père n'était plus ; son amant avait fui :
Quel bras à sa détresse osa servir d'appui ;
Et loin d'elle écartant l'opprobre et la misère,
Lui tint lieu, s'il se peut, d'un amant et d'un père ?

SPADA.

Ne crains pas Doria, bien que jusqu'à ce jour
Il ait persévéré dans son fatal amour,
Et qu'au bruit de ta mort, trompé par l'apparence,
Cet amour ait souvent recouvré l'espérance.
Mais ton frère, crois-tu qu'il ait pu sans douleur,
Dans l'objet qui t'est cher contempler ton malheur,
Et ne pas prodiguer à la beauté qui t'aime
Les consolations qu'il te garde à toi-même ?
Généreux dans la force, humain dans le succès,
A la fille d'un Guelfe il ouvrit son palais.

UBERTI.

Elle est ici!..

SPADA.

De toi sache te rendre maître,
Souviens-toi qu'à l'instant les Guelfes vont paraître.

UBERTI.

Oui, Spada, mon amour saura se contenir.
Oui, c'est de Thébaldo que je veux la tenir.

SPADA.

Si la haine eût été sensible à sa prière,
Il aurait consolé ta douleur tout entière;
Tous les biens que pour toi j'ai cru long-temps perdus,
Le sénat à sa voix te les aurait rendus!
Mais ces vœux n'ont trouvé que des cœurs implacables,
D'inflexibles tyrans, des lois inexorables;
Des bourreaux qui, fondant leur pouvoir sur l'effroi,
Maintiennent l'échafaud entre ton frère et toi.
L'ennui dont leur rigueur affligea sa tendresse
Ne pouvait le céder qu'à l'horrible tristesse
Qui remplit tout son cœur depuis que le sénat
A confirmé le bruit de ton assassinat;
Depuis qu'aux Gibelins, désormais sans alarmes,
Un soldat apportant ta dépouille et tes armes,
En ses sanglantes mains les tyrans ont remis
Le prix qu'au meurtrier leurs lois avaient promis..

UBERTI.

Par moi-même envoyé, le sanglant mercenaire
Qui, ma dépouille en main, demanda son salaire,
Était ce même agent qui dirigeait tes pas,

Et tantôt, hors des murs, t'a conduit dans mes bras.
Contre son règne, ainsi, grâce à mon stratagème,
Le sénat aveuglé conspire avec moi-même ;
Et je puis, protégé par sa crédulité,
Consommer sa ruine avec sécurité.
Malheur donc aux tyrans dont la froide colère
A vu, sans s'attendrir, les larmes de mon frère,
Paya mon sang de l'or dont ils m'ont dépouillé,
Et qui sans crainte même ont été sans pitié.
Je suis banni, proscrit ! mais parfois à leur juge
Les bannis, à leur tour, ont fermé tout refuge :
Mais parfois les proscrits échappés aux couteaux
Dans leur tombe encor neuve ont plongé leurs bourreaux,
Que dis-je ? ah ! désormais plus de sang, plus de larmes !
Mon frère, ah ! si le sort favorise mes armes,
Va, crois que le parti qu'il aura couronné
Oubliera que le tien n'a jamais pardonné,
Et, de vengeance avide, au mépris de sa gloire,
Trois ans aux Florentins fit pleurer sa victoire.
Mais de nos droits sacrés voici les défenseurs.

SCENE II. (3)

(Les Guelfes entrent de différens côtés.)

UBERTI, SPADA, ALIGHÉRI, COME, PAZZI,
CORSO, Guelfes.

UBERTI.

Vous qui, prêts à marcher contre les oppresseurs,

Qui, de gloire altérés non moins que de vengeance,
Voulez, pour mieux frapper, frapper d'intelligence,
Guelfes, connaissez tous quels moyens différens
Vont arracher l'empire aux mains de vos tyrans,
Affranchir le pays d'un honteux esclavage,
Et vous reconquérir votre propre héritage.
Par moi seul enfantés, ces dangereux projets
De cent talens divers attendaient leur succès :
J'ai su les préparer. Instruit par vos suffrages,
Parmi les plus vaillans choisissant les plus sages,
Entre tous les esprits qu'imploraient nos besoins,
Du commun intérêt j'ai partagé les soins.
D'un parti dispersé par des coups si funestes,
Tandis qu'Alighéri réunissait les restes,
Ralliait dans les bois, sous des rocs escarpés,
Trois mille fugitifs au carnage échappés,
Corso dans ces remparts amassait en silence
Le fer qui cette nuit doit armer leur vengeance,
Le fer que les Génois à nos bras ont prêté ;
Pazzi, non moins heureux, par un triple traité,
A partager l'honneur d'une telle entreprise
Déterminait les chefs de Bologne et de Pise ;
Des Lucquois leurs rivaux vous obtenait l'appui ;
Trois puissans alliés qui, d'accord aujourd'hui,
Dans la ville à l'instant sont prêts à s'introduire,
Assez forts pour servir et pas assez pour nuire.
Florence cependant en butte à tant d'efforts,
N'est pas moins menacée au-dedans qu'au-dehors.
Craignons peu nos tyrans : tandis qu'ils nous proscrivent,

Jusque dans leurs conseils mes regards les poursuivent :
Leur fol aveuglement au comble est parvenu,
Et tout leur est caché quand tout nous est connu.
Avec nos affidés, dont ces murs se remplissent,
L'intrigue et la révolte en s'appuyant se glissent,
Vont du palais du noble au toit des artisans,
Faire à nos intérêts de nouveaux partisans,
Réveiller de ceux-ci la colère endormie,
De ceux-là rassurer la foi mal affermie,
Flatter tous les penchans, offrir pour suborneur,
A beaucoup l'intérêt, à quelques-uns l'honneur.
Quoi de plus ! au sénat Stroxzi même infidèle,
Doit en notre pouvoir mettre la citadelle,
A l'heure où, prévenu par un commun signal,
Aux conjurés Guidon ouvrira l'arsenal,
A l'heure où Médicis à nos braves cohortes
Des remparts qu'il commande aura livré les portes.
Laissez entrer l'espoir en vos cœurs étonnés ;
Les sermens sont reçus, les otages donnés,
L'instant fixé. L'airain dont les accens funèbres
Réveillent la prière au milieu des ténèbres,
A minuit sonnera le signal concerté,
Signal de la victoire et de la liberté !

CORSO.

Crois-en l'ardente élite en ces lieux réunie :
Le courage applaudit aux projets du génie.
Enfin, voici la nuit qui doit favoriser
Nos bras impatiens de les réaliser !
Mais le signal promis !.. Ah ! quel long intervalle

De ce moment à l'heure et tardive et fatale
Où , dans ces murs ouverts à mon ressentiment,
Nous n'écouterons plus que cet emportement,
Qui du faible souvent fait un homme invincible,
Et qu'en nous la contrainte a rendu plus terrible!

PAZZI.

Tels sont nos droits à tous. Oui, les maux différens,
Les maux que l'avarice et l'orgueil des tyrans
Si long-temps sur ma tête entassa sans mesure,
A ces tyrans je veux les rendre avec usure.
L'exil, la pauvreté, l'absolu dénûment
Seront pour eux encore un trop doux châtiment.
Les trésors amassés par mes travaux prospères,
L'héritage sacré que m'ont transmis mes pères,
Sans pitié, sans pudeur ils me les ont ravis :
De mes biens, à loisir, ils se sont assouvis.
Ah! leurs biens, tous leurs biens de ma longue indigence
Pourront seuls apaiser la soif et la vengeance.

ALIGHÉRI.

Que leur or satisfasse à ton inimitié;
A si bas prix mon cœur ne met pas sa pitié.
C'est leur sang, tout leur sang qu'il faut à ma colère,
A la douleur d'un fils, au désespoir d'un père.
Tant qu'ils vivraient leur sort me semblerait trop doux:
Mon père et mes enfans sont tombés sous leurs coups.

UBERTI.

Et qui donc de leurs lois n'a pas été victime,
N'a pas à les punir d'une injure ou d'un crime?
Mais nos champs envahis, nos palais saccagés ,

Même après le combat nos parens égorgés,
Mais nos propres malheurs sont-ils les seuls outrages
Que vengent aujourd'hui nos bras et nos courages?
Ah! tout un peuple en proie aux fureurs d'un parti;
Des lois, des saintes lois le cours interverti;
Du plus vil factieux le plus léger caprice
Usurpant et la force et le nom de justice;
Un pouvoir méprisé jusque dans sa rigueur,
Qui, faible sans pitié, qui, cruel sans vigueur,
N'a pour justifier sa longue tyrannie
Ni les droits du bonheur ni les droits du génie,
Voilà pour vous, pour moi, pour tout cœur généreux,
Voilà des attentats cent fois plus douloureux
Que les sanglans arrêts qui font notre infortune.
Dévoués sans réserve à la cause commune,
Que tout autre intérêt nous devienne étranger !
C'est l'état avant tout que nous devons venger :
Vaincre en est le moyen. Quant au reste, à m'en croire,
Nous en reparlerons ; mais après la victoire.

CÔME.

Non! avant le combat. Uberti, si tu crois
Pouvoir des opprimés nous contester les droits,
C'est avant le combat qu'il faut que l'on m'explique
Quel projet dissimule et suit ta politique ;
Tout en nous excitant, pourquoi tu nous retiens ;
Comment mon intérêt s'accorde avec les tiens :
C'est avant le combat qu'il m'importe d'apprendre
Quel prix tu mets au sang qu'on est prêt à répandre.
Où tendent les succès que tu nous a promis ;

Si le plus juste espoir ne nous est pas permis;
Si tu nous interdis, même avant la victoire,
La vengeance aux proscrits plus douce que la gloire?

UBERTI.

Je t'interdis le crime, et ma sévérité
Compte encor malgré toi sur ta docilité.
Je ne t'impute pas le soupçon qui t'égare :
Ton malheur seul te rend ombrageux et barbare;
Ton malheur dure encor, c'est lui qui m'a blessé.
Tu le désavoueras quand il aura cessé.
Un sort plus doux rendra ton cœur à l'indulgence;
Ou pour toi s'il n'est pas de bonheur sans vengeance,
Des lois que nous vengeons tu voudras l'obtenir,
Et ne pas imiter ceux que tu vas punir.

ALIGHÉRI.

Il faut les imiter s'il faut qu'on les punisse.
Pour eux le vol fut droit, l'assassinat justice.
N'abrogeons pas leurs lois, et, sans plus discuter,
Mettons notre justice à les exécuter.
Ainsi les châtimens seront égaux aux crimes.
Leurs fureurs ont rendu les nôtres légitimes;
Les pleurs paieront les pleurs, le sang paiera le sang.
Nul de nous à leurs yeux ne parut innocent;
Nul d'entre eux devant nous ne doit obtenir grâce.
Mais c'est peu de détruire eux, leur règne et leur race:
Détruisons jusqu'aux murs qui pour quelques momens
Les dérobent encore à nos ressentimens.
Ces murs du sang des miens rougis par leur furie,
Ces murs qui m'ont proscrit ne sont plus ma patrie;

Qu'ils tombent! j'ai juré leur ruine, et je voi
Que tout Guelfe y conspire et la jure avec moi. (4)

(Il se fait un mouvement.)

UBERTI.

Ah! s'il doit obtenir l'aveu qu'il ose attendre,
Guelfes, épargnez-moi la douleur de l'entendre,
Cet aveu... Mon arrêt m'a causé moins d'horreur
Que l'odieux serment dicté par la fureur.
Malheur aux Gibelins! Mais enfin leur furie
N'a pas exterminé jusqu'au nom de patrie;
Ils ont de leurs enfans épargné le berceau;
Ils ont de leurs aïeux respecté le tombeau...!
Au secours de l'état je croyais vous conduire;
Je croyais le sauver: vous le voulez détruire!
Je vous rends le pouvoir que vous m'avez commis,
Frappez le plus cruel de tous vos ennemis.
Armé pour le bon droit et non pour l'injustice,
Noble conspirateur et non pas vil complice,
Je saurai dans la tombe emporter les secrets
Qui liaient la fortune à vos vrais intérêts.
Frappez, sans croire, ingrats, que mon cœur vous pardonne:
Je vous punis assez quand je vous abandonne.
Mais quoi! quelle stupeur succède à vos transports?
Même avant le forfait vous sentez les remords!
Oublions, mes amis, une erreur passagère;
Et, tout au mouvement que l'honneur nous suggère,
Promettons sur ce fer, d'une commune voix,
De raffermir l'état, de relever les lois
Sans qui toute alliance est bientôt desunie,

Sans qui tout est licence ou tout est tyrannie.

LES GUÉLFES.

Nous le jurons !

UBERTI.

J'accepte et j'en crois ce serment ;
Il est digne de nous. Mais, puisqu'en ce moment,
A vos cœurs la pitié cesse d'être étrangère,
Connaissez et calmez mes terreurs pour un frère.
En ennemi perfide il n'a pas combattu,
Et dans ce noble cœur où tout devient vertu,
Avec la guerre on sait que la colère expire.
Mon frère, amis, sait vaincre et ne sait pas proscrire.
Quel sera mon bonheur quand vous m'aurez promis
De ne pas le confondre avec nos ennemis !
C'est le prix le plus doux qu'attendent mes services.

CORSO.

Nous le devons, sans doute, à tant de sacrifices.

ALIGHÉRI.

A nos persécuteurs si ton frère aujourd'hui,
Uberti, de son bras ne prête pas l'appui,
Nous pourrons détourner de sa tête proscrite
Le juste châtiment qu'un Gibelin mérite.
A demeurer oisif fais qu'il soit résolu ;
Autrement, s'il périt, lui seul l'aura voulu.

UBERTI.

Il suffit : allez tous où l'honneur vous appelle.
La confiance, amis, d'accord avec le zèle,
Me répond du succès de nos communs efforts.
Corso dirigera nos projets au-dehors ;

Au-dedans ils seront réglés par mon audace :
Là le risque est plus grand, là surtout est ma place.

(Les Guelfes sortent.)

SCENE III.

UBERTI, SPADA.

SPADA.

Tant de férocité m'étonne ; je frémis...

UBERTI.

Étonne-toi plutôt de les voir si soumis.
Pour l'homme ainsi le mal de tout temps fut facile ;
A la voix qui l'ordonne il n'est que trop docile :
Mais qu'un chef par le crime une fois triomphant
Est bien mal obéi sitôt qu'il le défend !

SPADA.

Grâce au noble ascendant d'une âme ardente et ferme,
Ce jour à tant d'horreurs te verra mettre un terme.

UBERTI.

Te l'avouerai-je, ami, je l'espère ; je croi
Qu'à ces jours de fureur, de désordre, d'effroi,
Succéderont des jours glorieux et tranquilles.
C'est aux convulsions des discordes civiles,
Où le crime lui-même est empreint de grandeur,
Que plus d'un peuple a dû sa force et sa splendeur ;
Dans ses cruels effets quelquefois salutaire,
Ce fléau, qui parcourt incessamment la terre,
Laisse, en affermissant ce qu'il n'a pas détruit,
Le sage moins timide et le fort plus instruit,

Oui, souvent dans l'horreur du tumulte où nous sommes,
Les grands évènemens ont formé ces grands hommes
Dont l'audace arrachant au pilote incertain
Le gouvernail public égaré dans sa main,
Au plus fort du péril, a soustrait au naufrage
Le vaisseau moins brisé qu'éprouvé par l'orage.
A mon défaut, Spada, partout en ces remparts,
Va d'un œil vigilant promener les regards;
Et quand retentira le signal des alarmes,
Viens, pour unique avis, viens m'apporter mes armes.
Mais je vois Thébaldo.

SCENE IV.

UBERTI, THÉBALDO.

UBERTI.

Trop généreux ami,
Mon cœur ne connaissait ton grand cœur qu'à demi,
Et pourtant il t'aimait de toute sa puissance.
Que je me sens heureux d'avoir payé d'avance
Les bienfaits que ce jour vient de me révéler !

THÉBALDO.

Quels sont-ils ces bienfaits dont tu veux me parler ?
De générosité quelles preuves si grandes... ?

UBERTI.

Tu connais mon amour, et tu me le demandes !
Dianore est ici : ta sublime amitié
N'a-t-elle pas sur elle étendu sa pitié ?

THÉBALDO.

Hélas !

UBERTI.

En toi, ces jours de haine et de colère
N'ont pas éteint non plus les sentimens d'un frère.
Ah ! dans ton cœur fidèle au plus sacré lien,
Que j'aime à retrouver les sentimens du mien !
Ce que je desirais, sa bonté le devine.
En appelant chez toi cette noble orpheline,
Il exauçait des vœux qu'il n'a pas entendus,
Et tu me soulageais où je souffrais le plus.

THÉBALDO (à part).

Et j'ose aimer l'objet d'un amour aussi tendre,... !
(A son frère.)
Oui, tu vas le revoir, oui, je viens te le rendre,
L'objet dont le salut exigeait ton retour,
Ce cher et digne objet d'un trop fatal amour.
Cependant, Uberti, par intérêt, par grâce,
Dérobe-la sur l'heure au coup qui la menace,
Aux décrets du sénat uni pour la frapper,
Aux pièges de l'amour prêts à l'envelopper,
Et peut-être, à ma honte, ami, je le déclare,
Et peut-être aux erreurs d'une pitié barbare.
Je suis digne de toi ; mais, malgré mon appui,
Tu la perdais demain.

UBERTI.

Je la sauve aujourd'hui.

THÉBALDO.

Ton retour en ces murs m'en donne l'espérance.

UBERTI.

Mon retour en ces murs t'en donne l'assurance.

THÉBALDO.

Uberti !

UBERTI.

Thébaldo !

THÉBALDO.

C'est avec cet accent,
C'est avec ce regard farouche et menaçant
Que d'ici tu donnais le signal de ces guerres
Où Florence étonnée a déjà vu deux frères,
Divisés d'intérêts, unis de sentiment,
Dans ses murs désolés se combattre en s'aimant.

UBERTI.

Quels affreux souvenirs en mon cœur tu réveilles !

THÉBALDO.

Ton cœur ne nourrit plus d'espérances pareilles,
Ils ne reviendront plus, dis-moi, ces jours affreux ;
Dis, mon frère, ils nous ont rendus si malheureux !

UBERTI.

Ecartons ces pensers, parlons de Dianore,
Parlons de ce trésor qui m'est plus cher encore,
Puisqu'il devient un don de ta tendre amitié !

SCENE V.

UBERTI, THÉBALDO, GUISCARD.

THÉBALDO.

Pourquoi ce trouble empreint sur ton front effrayé ?

GUISCARD.

Un chevalier pressé par le peuple en furie,
Vous invoque à grands cris, en défendant sa vie.
Il n'est pas Florentin si j'en crois ses discours.

THÉBALDO.

Quel qu'il soit, sans délai volons à son secours.
Si c'était Doria !

GUISCARD.

J'ai cru le reconnaître.

UBERTI.

Doria! Dans ces lieux que chercherait ce traître ?

THÉBALDO.

Eh! qu'importe ? Il m'appelle, il est dans le danger.
Mais toi, pour qui je crains tout regard étranger,
Retire-toi, mon frère, en la chambre prochaine.

(Il sort avec Guiscard.)

UBERTI.

Doria! C'est le ciel qui le livre à ma haine,
Et j'attendrais...! Que dis-je...? Il ne peut m'échapper.
Rentrons; et différons nos coups pour mieux frapper.

(Il sort.)

FIN DU DEUXIÈME ACTE.

ACTE TROISIÈME.

SCENE I.

THÉBALDO, DORIA (l'épée nue à la main tous les deux).

DORIA.

Oui, seigneur, oui, sans vous j'aurais perdu la vie :
Surpris, non loin d'ici, par un peuple en furie
Qui dans un allié ne voit qu'un étranger,
J'allais... vous accourez au bruit de mon danger !
Vous parlez : des esprits l'humeur sombre et farouche
S'apaise aux premiers mots sortis de votre bouche,
Et la honte produit l'effet de la pitié.
Par des nœuds éternels souffrez que l'amitié
A mon libérateur dès cet instant m'engage.
Recevez-en, seigneur, pour premier témoignage,
Ce fer qu'à mon honneur vous avez conservé.
Le nom de Doria sur ce fer est gravé ;
Le sénat m'en fit don, ce jour où, plus propice,
Sur la foi de mon zèle et d'un premier service,
Voulant m'unir à lui par de plus forts liens,
Il m'inscrivit au rang de vos fiers citoyens.

Que parfois il rappelle à votre bienfaisance
Un service égalé par ma reconnaissance.

THÉBALDO.

Où sont donc nos vertus, puisqu'en ces jours affreux,
Dès-lors qu'on n'est pas lâche on paraît généreux?
Aux mains des furieux heureux de vous soustraire,
Qu'ai-je fait, après tout, que ce que j'ai dû faire?
J'accepte votre don : mais qu'il soit remplacé
Par ce fer qu'à mon bras mes aïeux ont laissé.

DORIA.

C'est combler des bienfaits que j'étais loin d'attendre :
Hélas! si vos discours ne m'avaient fait entendre
Qu'on dédaigne mes vœux et surtout mes secours,
Je compterais ce jour parmi mes plus beaux jours.
Eh quoi! pour mon amour n'est-il plus d'espérance?

THÉBALDO.

Je vous l'ai dit, seigneur, votre persévérance
Prolonge vos malheurs et ne saurait changer
Ce cœur même insensible à son propre danger.

DORIA.

Thébaldo, j'en gémis plus que je n'en murmure;
Et croyez qu'aisément j'oublierai cette injure,
Si jamais pour l'ingrate il vous faut recourir
A celui qui pour elle est tout prêt à mourir.
En lui laissant le droit de le haïr encore,
Il mourrait trop heureux s'il sauvait Dianore.
Déjà tout est prévu pour sa fuite..,

SCENE II.

THÉBALDO, DORIA, UBERTI.

UBERTI.

Un tel soin
Est de vos sentimens un généreux témoin;
Mais Dianore peut retrouver sur la terre
L'appui dont le sénat a privé sa misère.
A sa faiblesse, aussi, je viens offrir mon bras;
Génois, les protecteurs ne lui manqueront pas.

DORIA.

Quel est cet étranger?

THÉBALDO.

Ah! tout mon sang se glace.

DORIA.

Quel est cet étranger...? par quel excès d'audace
Vient-il de nos discours épier le secret?

UBERTI.

Peut-être à les entendre a-t-il quelque intérêt.
Ne vous l'a-t-il pas dit? Ce jour en plus d'une àme
A réveillé, seigneur, l'espoir qui vous enflamme.
Ramené dans ces murs par un espoir si doux,
Peut-être suis-je ici moins étranger que vous.

THÉBALDO.

Imprudent! songez-vous?

DORIA.

Qui que vous puissiez être,
De quel droit, en ces lieux, me parlez-vous en maître?

THÉBALDO (avec intention).

Thébaldo n'y prend pas un accent si hautain.

Dans ses emportemens, avec moins de dédain,

Uberti, revêtu de la grandeur suprême,

Le farouche Uberti s'exprimerait lui-même.

UBERTI.

Vous vous trompez, seigneur, s'il fût rentré jamais...

DORIA.

L'étrange liberté qu'ici tu te permets,

Non, certe, impunément il ne l'eût jamais prise.

UBERTI.

Prouve-le lui.

THÉBALDO.

Grand dieu!

UBERTI.

Le sort te favorise.

THÉBALDO (à Doria).

Sortons, seigneur.

UBERTI.

Non! reste; et connais Uberti!

DORIA.

N'est-il pas dans la tombe?

UBERTI.

Il en serait sorti

Pour troubler ton bonheur, si, plus cruel encore,

Le sort à ton amour eût livré Dianore;

Il en serait sorti pour vous persécuter,

Comme il sort de l'exil pour te la disputer.

Ose la mériter.

(A Thébaldo).

Des armes!

DORIA (la main sur son épée).

Téméraire!

THÉBALDO (se jetant entre deux).

Doria, vous avez le secret de mon frère;
Plus qu'il n'est imprudent montrez-vous généreux :
Il a droit d'être injuste, il est si malheureux!
Ah! songez que l'objet de ce débat funeste
De tous ses biens, seigneur, est le seul qui lui reste.

DORIA.

Je veux m'en souvenir, et ne pas oublier
Les nœuds dont à l'instant vous venez de lier
Cette main qui déjà s'en était échappée,
Cette main qui déjà saisissait mon épée.
Oui, seigneur, je veux mettre aujourd'hui mon honneur
A respecter vos droits et ceux de son malheur.
Le secret d'Uberti, devant lui je le jure,
Renfermé dans mon cœur ainsi que mon injure,
Pour son malheur jamais ne sera dangereux :
(A Uberti.)
Mais je m'en souviendrai, si tu deviens heureux.

UBERTI.

J'y compte.

(Thébaldo entraîne Doria.)

SCENE III.

UBERTI (seul).

Il n'en croit pas l'époque si prochaine.
Au gré de tant d'amour, au gré de tant de haine,

Qu'avec plaisir je vois le moment approcher
Où mon courage, enfin, pourra l'aller chercher!
Vils tyrans! le sommeil ferme enfin vos paupières;
Rassasiez-vous bien de ses faveurs dernières;
Rêvez jusqu'à cette heure où, couverts de lambeaux,
Les spectres réveillés s'échappent des tombeaux;
Rêvez tout le bonheur que donne la puissance,
Jusqu'à l'heure où, pour vous, reprenant l'existence,
J'apparaîtrai terrible à vos yeux détrompés,
Et ressaisi des biens qui vous sont échappés!

SCENE IV.

UBERTI, DIANORE, THÉBALDO.

UBERTI.

C'est vous, cruel objet de l'amour le plus tendre.
Que ce moment heureux long-temps s'est fait attendre!

THÉBALDO.

Madame, le voilà ce frère malheureux
Qui, toujours poursuivi par un sort rigoureux,
En son propre palais n'a pas même un asile.

(A Uberti.)

L'amour est plus puissant que la loi qui t'exile.
Docile à sa voix seule, infortuné, tu viens
Réclamer le dernier, le plus cher de tes biens.

(Il lui remet la main de Dianore.)

Le voici: dans ces lieux que rien ne te retienne.
Fuis; dérobe à la hache et sa tête et la tienne:
Tu ne peux de ces murs sortir trop promptement.

UBERTI.

N'y puis-je à l'amitié donner même un moment?

THÉBALDO.

Je m'abusais, pardonne à ma frayeur extrême ;
Non, Doria n'est pas moins discret que moi-même.
Son honneur m'en répond, et tu peux sans danger.....

UBERTI.

Ainsi donc il permet, l'insolent étranger
Dont le pouvoir s'étend jusque dans cette enceinte,
Il permet à nos cœurs de se livrer sans crainte
Aux doux épanchemens d'une tendre amitié !
    (A Dianore.)
Mais approuvera-t-il aussi, dans sa pitié,
Qu'ici je vous rappelle, au mépris de sa flamme,
Celle que la mort seule éteindra dans mon âme,
Celle qui l'affrontait pour rentrer dans ces lieux ?

DIANORE.

Je vous suis.

UBERTI.

            Vous tremblez, vous détournez les yeux.

THÉBALDO.

Mon frère, à quel retour n'a pas droit de prétendre
Un amour à-la-fois si terrible et si tendre ?
L'état peut s'affliger de tes égaremens,
Te reprocher l'oubli de tes premiers sermens,
Ta fureur à servir des haines étrangères,
L'abandon du parti qu'ont défendu nos pères ;
Mais, devant Dianore, ah! crois qu'en ce moment,
Les torts du citoyen sont des droits pour l'amant.

Ne joins pas ce tourment à tes autres supplices,
De la croire insensible à tant de sacrifices
Qu'un rival vainement crut pouvoir balancer,
Et qu'un excès d'amour peut seul récompenser.

DIANORE.

Vous l'avez dit, seigneur, les maux dont je suis cause,
Je dois les partager: c'est la loi que m'impose
Le dernier vœu d'un père et celle qu'à mon cœur,
De concert avec lui, me dicte aussi l'honneur.

UBERTI.

L'honneur!

DIANORE.

Partout, seigneur, je suis prête à vous suivre.

UBERTI.

L'honneur! et dans l'exil vous consentez à vivre?

DIANORE.

De la vôtre, en tout point, ma volonté dépend.

UBERTI.

L'honneur! connaissez-vous le sort qui vous attend?

DIANORE.

Je connais mon devoir.

UBERTI.

Ce sort est effroyable.

DIANORE.

Je l'accepte.

UBERTI.

Ecoutez: l'arrêt impitoyable,
L'arrêt qui m'a rayé du nombre des vivans,
A toute heure, en tous lieux, poursuit mes pas errans.

Dans l'univers entier pour moi plus de patrie ;
Des assassins partout ! Contre leur barbarie
Souvent mes seuls abris sont des rochers affreux
Dont il faut disputer les antres ténébreux,
Et presque aussi sanglans que les murs où nous sommes,
Aux monstres des forêts cruels comme les hommes.
Là, l'esprit agité par d'innombrables soins,
Là, le corps épuisé par d'éternels besoins,
J'attends, enveloppé du silence et de l'ombre,
La nuit toujours trop lente et jamais assez sombre.
C'est alors que, chassé de ce séjour d'horreur
Par la faim plus puissante encor que la terreur,
Dans le bois qui rugit de l'effroyable joie
Des tyrans du désert, déjà sûrs de leur proie,
Jusque sous les frimas dont les rocs sont couverts,
Je cherche avidement les fruits les plus amers :
Et que de fois déçu, même en cette espérance,
J'ai rampé jusqu'au seuil de l'obscure indigence,
De la pitié du pauvre implorant la moitié
Des secours qu'il devait lui-même à la pitié !
Ce n'est pas tout : sachez que, rentré dans les villes,
J'ai souvent regretté les bois et leurs asiles,
J'ai souvent regretté la faim et le danger.
Qu'il est amer parfois le pain de l'étranger ! (5)
Qu'ils sont chers ces secours qu'avec tant d'insolence
Aux puissans dégradés accorde la puissance,
Accorde l'insensé que le même dédain
Qu'il prodigue aujourd'hui doit accabler demain !
Ah ! la seule espérance, amis, je vous le jure,

De ces cruels secours peut accepter l'injure.
Quoi de plus? un exil qui ne doit pas finir,
L'opprobre, la douleur, voilà mon avenir,
Avenir dans lequel votre imprudent courage
Croit devoir réclamer un douloureux partage.
Ah! madame, je dois le dire sans détours,
L'honneur serait ici d'un bien faible secours.
Trois ans j'ai supporté cette affreuse existence;
Mais une autre vertu soutenait ma constance:
J'aime. Dans le malheur nul partage entre nous,
Si vous n'avez pour moi l'amour que j'ai pour vous.
Parlez, déterminez mon esprit en balance.....
Cruelle, ah! je n'entends que trop votre silence.

THÉBALDO.

Crois-moi, loin d'ajouter à vos communs tourmens,
D'après ses actions juge ses sentimens.

DIANORE.

Sur tout cela, seigneur, je n'ai rien à vous dire,
Sinon qu'à ses devoirs mon cœur saura suffire
Et que ce n'était pas en aggravant ses coups,
Que le destin pouvait me séparer de vous.

UBERTI.

Madame, vous sortez!

DIANORE.

Assez long-temps je pense
Avoir contraint vos cœurs muets en ma présence.
Je vous rends l'un à l'autre, et je vais à l'écart,
Seigneur, attendre l'ordre et l'instant du départ.

(Elle sort.)

SCENE V.

UBERTI, THÉBALDO.

THÉBALDO (vivement).

Partons : l'obscurité s'accroît et nous seconde.

UBERTI (avec préoccupation).

Restons : l'obscurité n'est pas assez profonde.

THÉBALDO.

Vers minuit vois-tu l'heure à grands pas s'avancer ?
Elle y touche.

UBERTI.

Et c'est toi, toi qui m'y fais penser !

THÉBALDO (plus vivement).

Ce départ, sans danger, crois-tu qu'il se diffère ?

UBERTI.

Rien ne presse.

THÉBALDO.

Uberti, par pitié pour ton frère,
Qui s'abusait lui-même et t'a trop retenu,
Hâtons-nous : viens.

UBERTI.

L'instant n'est pas encor venu.

THÉBALDO.

Songe que chaque instant peut trahir l'artifice
Sous lequel tu te crois à l'abri du supplice,
Que tes jours sont proscrits par d'éternels décrets,
Que l'échafaud t'attend, que les bourreaux sont prêts.

Fuis ! fuis ! plus que le sort ne me sois pas contraire.
Il me rend un ami : conserve-moi mon frère.
Mais je te parle en vain de ton propre danger :
Des intérêts pour toi c'est le plus étranger.
Tu n'as qu'une pensée. Eh bien ! par cette flamme,
Le supplice, la joie et l'âme de ton âme,
Par Dianore, enfin, profite de l'instant.
Dérobe ton épouse au danger qui l'attend :
Il est affreux, il est plus grand que tu ne penses.
Oui, d'un moment à l'autre, ami, si tu balances,
En d'horribles cachots tu peux la voir plonger ;
Tu peux la voir passer aux bras d'un étranger.
Te crois-tu sans rivaux ?

UBERTI.

Ami, je sais comprendre
Le motif d'une crainte et si vive et si tendre ;
Doria, je le vois, n'est pas mon seul rival.

THÉBALDO.

Ravis-leur tout espoir.

UBERTI.

Sexe ingrat et fatal,
Je reconnais bien là tes caprices !

THÉBALDO.

Qu'entends-je ?

UBERTI.

De sa faiblesse ainsi sa cruauté se venge ;
Ainsi, plus à ce sexe on a sacrifié,
Plus on a droit, mon frère, à son inimitié !
Dianore !

THÉBALDO.

Pour elle, oui, plus d'un cœur soupire.
Est-ce un crime envers toi que l'amour qu'elle inspire?

UBERTI.

L'ingrate !

THÉBALDO.

As-tu pensé que toi seul sous les cieux,
Toi seul pour l'admirer avais reçu des yeux?
Que ce modeste front où brillent tant de charmes,
Ces yeux d'un feu si doux éclatant sous les larmes,.
Cette âme si sublime en sa simplicité,
Mélange d'héroïsme et d'ingénuité,
De tout ce qu'on admire et de tout ce qu'on aime,
Qu'un dieu forma sans doute en s'imitant lui-même,
N'inspireraient qu'à toi ce fatal sentiment
Qui du cœur tout entier s'empare en un moment,
En bannit la raison, ou la tient asservie,
Et règle, malgré nous, le sort de notre vie?
Non, non, cher Uberti, tu ne peux le penser.
Ton amour, après tout, peut-il s'en offenser?
Que te font les rivaux, quand c'est toi seul qu'on aime,
Quand, pour te rassurer, mon frère, à l'instant même,
Devant moi, devant Dieu, l'on t'engageait sa foi?

UBERTI.

Être aimé...! ce bonheur ne fut pas fait pour moi.
Non... tu crains d'aggraver le malheur qui m'accable,
En m'avouant combien Dianore est coupable.
Mon frère..., loin de nous les vains ménagemens;

4

Le doute est pour mon cœur le pire des tourmens.
Dis-moi la vérité.

THÉBALDO.

Dianore associe
Sa jeune destinée aux malheurs de ta vie ;
Elle veut partager tes périls, tes besoins :
L'amour ferait-il plus ?

UBERTI.

L'honneur ferait-il moins ?
Quel autre sentiment attestait la cruelle ?
C'est à ta loyauté que la mienne en appelle :
Suis-je trahi ? Quel trouble ! il a tout affirmé.
Je suis trahi, mon frère, et quelqu'autre est aimé !

THÉBALDO.

Aimé ! tu me connais ; l'espérance et la crainte
N'ont jamais dégradé mon cœur jusqu'à la feinte.
Plus qu'un soupçon jaloux, dont pour toi j'ai frémi,
En croiras-tu, dis-moi, ton frère, ton ami ?

UBERTI.

En peux-tu douter ? Parle.

THÉBALDO.

Eh bien ! je te le jure
Par le nœud qu'entre nous a formé la nature,
Par l'amitié, mon frère, en ces tristes momens,
Le plus saint, le premier de tous mes sentimens,
Et par l'honneur encor, s'il ne suffit pas d'elle,
Qu'à ses engagemens Dianore est fidèle,
Et que, malgré le bruit accrédité par toi,
A ta mémoire même elle a gardé sa foi.

Jadis, il t'eût suffi de ce seul témoignage.

UBERTI.

Il me suffit encore. Ainsi qu'un vain nuage,
Déjà s'évano uit l'injurieux soupçon
Qui tourmentait ma vie et troublait ma raison.
Déjà, malgré les maux auxquels il est en proie,
Dans mon cœur étonné je sens rentrer la joie.
Dianore est fidèle! Ami, je le reprends,
Ce bien, plus cher encor lorsque tu me le rends;
Ce bien, qu'excepté toi, nul mortel sur la terre
N'aurait pu disputer à ton malheureux frère,
Sans livrer tout son être à toute ma fureur.

THÉBALDO.

Tu me pardonnerais un tel excès d'horreur...?

UBERTI.

Ferais-tu moins pour moi?

THÉBALDO.

                    Non : tu me rends justice.
Mais sais-tu ce que coûte un pareil sacrifice?
Sais-tu pour l'acheter tout ce qu'il faut souffrir?

UBERTI.

Va! je sais que pour toi je suis prêt à mourir.

THÉBALDO.

Et moi pour toi, mon frère.

(On entend la cloche du beffroi.)

SCENE VI.

UBERTI, SPADA, THÉBALDO.

SPADA.

Ami, voilà tes armes.

THÉBALDO.

Spada, quel est ce bruit, et pourquoi ces alarmes ?

UBERTI.

Méconnais-tu l'airain formidable et fatal,
Qui de tous nos malheurs a sonné le signal ?
Il sonne en ce moment celui de la vengeance.

THÉBALDO.

Eh quoi ! tous les fléaux vont-ils d'intelligence
Inonder de nouveau cette triste cité ?

UBERTI.

Ainsi le veut l'arrêt de la fatalité,
Qui se plaît à venger les crimes par les crimes,
Et parmi les bourreaux prend aussi ses victimes.

(A Spada.)   (On entend la cloche une seconde fois.)
Point de faiblesse. Allons. Qu'est-ce donc ? tu frémis ?

SPADA.

Je frémis, à ce son qui change en ennemis
Deux frères enchaînés d'une amitié si tendre.

UBERTI.

Nous ennemis !

THÉBALDO.

Oui, nous ; car tu ne peux t'attendre,

Quel que soit le soupçon contre moi répandu,
A me voir te livrer ceux qui m'ont défendu ?

UBERTI.

Sans la trahir, ami, livre à sa destinée,
Livre une faction à se perdre obstinée.
Abstiens-toi du combat.

THÉBALDO.

Et t'en abstiendras-tu ?

UBERTI.

Moi !

THÉBALDO.

Par la tienne, ami, juge de ma vertu.
Je sais qu'aux deux partis l'injustice est commune,
Mais l'honneur est au poste où m'a mis la fortune.

UBERTI.

Où je serais encor près de toi, si l'amour
N'avait pas de mon sort disposé sans retour.
Des droits de l'amitié ne crains pas que j'abuse.
Comme moi, pour changer tu n'aurais pas d'excuse.
Sers de tout ton courage un odieux parti.
C'est du moins un bonheur pour le nom d'Uberti
Que le malheur public doive accroître sa gloire,
Quels que soient les drapeaux que suive la victoire.

THÉBALDO (le retenant.)

Un mot : si le malheur qui s'attache à nos pas
Nous poussait l'un vers l'autre en ces affreux combats,
Dis, que prétends-tu faire ?

UBERTI.

Au milieu du carnage,

De ma tendresse encor t'offrir ma main pour gage ;
Saisir la tienne, ami, la presser..., et voler
Vers quelqu'autre ennemi que je puisse immoler.
Juste dieu ! protégez une tête si chère !

THÉBALDO.

Veillez, Dieu tout-puissant, sur les jours de mon frère !

(La cloche se fait entendre une troisième fois ; les deux frères sortent par
différens côtés.)

FIN DU TROISIÈME ACTE.

ACTE QUATRIÈME.

SCENE I.

DIANORE, SEULE D'ABORD, PUIS THÉBALDO.(6)

DIANORE.

L'horrible nuit ! Jamais , jamais tant de furie
N'a déchiré le sein de ma triste patrie.
Dans l'horrible combat qui vient de se livrer
S'ils avaient pu du moins ne pas se rencontrer !
(A Thébaldo qui rentre sans armes et dans le plus grand désordre.)
Vous , Thébaldo ! parlez , dissipez mes alarmes.
De quel parti le sort a-t-il servi les armes ?

THÉBALDO.

Les Guelfes ont vaincu. Mon bras est désarmé,
Madame, et tout passage à ma fuite est fermé.

DIANORE.

A tout ressentiment ce lieu doit vous soustraire.
Un frère...

THÉBALDO.

Ah ! sauvez-moi de la pitié d'un frère.
Je sais où peut aller l'amitié d'Uberti ;
Mais je sais ce que doit un chef à son parti.

S'il osait l'oublier, en ce désordre extrême,
Sans me sauver, madame, il se perdrait lui-même.
Taisez-lui mon secret.

DIANORE.

Je saurai le garder.

THÉBALDO.

A rentrer Uberti ne peut long-temps tarder.

DIANORE.

Pour l'arrêter ici, seigneur, je vais l'attendre.
Voici l'instant d'ailleurs... Quel bruit se fait entendre?
C'est vous!

SCENE II.

DIANORE, UBERTI, Guelfes.

(Ils remplacent les drapeaux des Gibelins par celui des Guelfes et se retirent.)

UBERTI.

Madame, enfin les destins sont changés.
Nos malheurs sont finis, nos affronts sont vengés.
Les Gibelins vaincus, presque sans résistance,
Ont laissé de leurs mains s'échapper la puissance.
Si l'ardent Thébaldo, qu'emporte une valeur
Digne d'un sort moins triste et d'un parti meilleur,
N'eût pas tenté deux fois, à lui-même funeste,
De rendre la victoire au drapeau qu'il déteste,
Sans bruit, des oppresseurs l'empire aurait croulé,
Et le sang le plus pur n'eût pas même coulé.
Mais, grâce au ciel, le sien n'a pas rougi nos armes;
Et ce triomphe, loin de me coûter des larmes,

Me permet d'espérer que ce glorieux jour
Sera pour l'amitié ce qu'il est pour l'amour ;
Et que ceux dont mon bras termine la misère
S'en souviendront assez pour me rendre mon frère.
Toutefois, pour ne pas livrer imprudemment
Une tête si chère à cet emportement
Qui, changeant en forfaits les efforts du courage,
Au-delà du combat prolonge le carnage,
J'ai voulu que Spada, loin de ces tristes murs,
Entraînât Thébaldo dans ces antres obscurs
Où contre les bourreaux j'ai trouvé des asiles.
Il reviendra bientôt en ces murs plus tranquilles.
Plus que jamais pour moi sa vue est un besoin ;
Et mon bonheur le veut pour son premier témoin.

DIANORE.

Dans les pleurs, dans le sang cette ville est plongée :
Vous parlez de bonheur !

UBERTI.

    N'êtes-vous pas vengée ?
Les Guelfes en leur rang ne sont-ils pas remis ?
Quand ce jour n'est fatal qu'à nos seuls ennemis ;
Quand du fond de l'exil, du sein de la misère,
Je reviens triomphant au palais de mon père,
Noble et saint héritage où le sort le plus doux
M'est désormais promis entre mon frère et vous,
Où le don de ma main va nous rendre commune
Les faveurs dont enfin m'a comblé la fortune ;
Ne vous étonnez pas qu'un trop sensible cœur,
Si long-temps oppressé sous le poids du malheur,

S'enivre follement de la première joie
Que la pitié du ciel depuis trois ans m'envoie.
Ah! mettez-y le comble en daignant avancer
L'instant où mon bonheur doit vraiment commencer;
Où, sur l'antique autel qui couvre vos ancêtres,
Consacrant ce bonheur par la voix de ses prêtres,
Dieu permettra, madame, à votre heureux époux
De vous offrir, avec un rang digne de vous,
Un nom qui, désormais, n'est pas sans quelque gloire,
Et tous les biens qu'enfin m'a rendus la victoire.

DIANORE.

La victoire, seigneur, a comblé tous vos vœux.
Vous voilà tout-puissant: voulez-vous être heureux?
N'abusez pas des droits que la force vous donne:
Epargnez...

UBERTI.

A qui donc faut-il que je pardonne?
Ah! fût-ce au plus cruel de tous mes ennemis,
Parlez: ce noble effort vous est déjà promis.
Et c'est faire un essai bien modéré, madame,
Du pouvoir que l'amour vous donne sur mon âme.
Je ne sais pas haïr, mais combattre, et je voi
Qu'un ennemi vaincu n'en est plus un pour moi.
Oui, Doria lui-même...

DIANORE.

Ah! c'est pour Dianore,
C'est pour moi que ma bouche à présent vous implore.
Lorsque d'un ennemi vous plaignez les malheurs,
D'un œil indifférent pourrez-vous voir mes pleurs?

Bien loin de le penser, noble Uberti, j'espère
Que, malgré tous les droits que vous donna mon père,
A mon cœur qui n'a plus que vous seul pour appui,
Vous rendrez le pouvoir de disposer de lui.

UBERTI.

Moi, renoncer à vous, Dianore! Ah! madame,
Imposez-vous vraiment ce devoir à mon âme?
Est-ce bien là le prix, le seul prix qu'en ce jour
Vous gardiez à trois ans de douleur et d'amour?

DIANORE.

Seigneur...

UBERTI.

            J'ai tout bravé, tout trahi pour vous plaire.
Si je n'eus jamais droit qu'à cet affreux salaire,
Pourquoi par vos discours faussement généreux,
Permettre un autre espoir au cœur d'un malheureux?
Pourquoi réclamiez-vous une part dans mes peines?

DIANORE.

Partager votre exil, vos souffrances, vos chaînes,
Vous suivre à l'échafaud, et jusque sous leurs coups,
En face des bourreaux vous prendre pour époux,
Tel était mon devoir! Je dirai plus encore,
Tels ont été, seigneur, les droits de Dianore,
Tant que le sort, enfin moins cruel en ce jour,
Fut contraire au parti qu'embrassa votre amour,
En dépit des fureurs qui, cent ans implacables,
N'ont que trop illustré nos familles coupables.
Innocente des maux qui vous ont affligé,
Je n'en croyais pas moins mon honneur obligé

A consoler, autant que je le pouvais faire,
Le soldat et l'ami de mon malheureux père.
J'épousais vos malheurs. Mais quand tout est changé;
Quand sous vos étendards le bonheur s'est rangé ;
Quand le sort, réparant ses longues injustices,
Par ses faveurs surpasse encor vos sacrifices;
Quand la victoire enfin vous conduit au pouvoir ;
Je crois, loin d'offenser vos droits et mon devoir,
Je crois y satisfaire, en répondant sans feinte
Aux discours que tantôt m'adressait votre crainte.
Seigneur, vous n'avez plus de droits à la pitié :
Mais l'estime, et pour moi c'est encor l'amitié;
Mais l'admiration, profonde, involontaire,
Qu'obtient un grand malheur pour un grand caractère;
Tels sont les sentimens qui m'attachent à vous.
Suffisans pour l'ami, mais non pas pour l'époux,
A votre confiance ils feraient un outrage,
S'ils me laissaient souscrire au généreux partage
Que votre amour me fait de sa prospérité,
Mais qui par l'amour seul peut être mérité.

UBERTI.

Ainsi donc...

DIANORE.

Ah ! seigneur, vous frémissez !

UBERTI.

J'admire

De la sincérité quel est sur vous l'empire,
Quel courage il vous donne. Ah ! je vous suis témoin
Qu'on ne porta jamais cette vertu plus loin.

Combien n'en faut-il pas pour résoudre votre âme,
Après tous les malheurs où m'entraîna ma flamme,
A me désabuser par ces cruels aveux,
Lorsque je me croyais au comble de mes vœux?
Consommez votre ouvrage, achevez de détruire
La folle illusion qui m'avait su séduire.
Plus de ménagement, je suis las de souffrir.
En déchirant mon cœur, vous pouvez le guérir.
Forcez-moi de souscrire à votre indépendance,
En m'ôtant tout prétexte à la moindre espérance.
Pour prouver que la main que je veux retenir
De votre gré jamais ne peut m'appartenir,
Avouez que l'honneur veut que je l'abandonne
Au fortuné rival à qui l'amour la donne.

DIANORE.

Il est vrai.

UBERTI.

Quel est-il ce rival?

DIANORE.

Uberti,
Ce secret de mon cœur n'est pas encor sorti;
Et ma flamme funeste autant qu'involontaire,
Pour celui qui l'allume est encore un mystère.
Je consens toutefois à ne pas vous cacher
Un secret que l'amour n'a pas pu m'arracher;
Si vous croyez sur vous avoir assez d'empire,
Quelque ressentiment que mon tort vous inspire,
Pour plaindre un malheureux qu'un ascendant fatal,

Malgré lui, malgré moi, vous donne pour rival.
Jurez-le! Et je confie à votre foi.....

UBERTI.

Je jure,
A la face du ciel qui, terrible au parjure,
Vengera votre honneur par un père engagé,
Vengera mon amour par vous tant outragé,
Je jure au malheureux qui vous rendit sensible,
Que vous rendez coupable, une haine inflexible :
Qu'il tremble! les regards de l'amour irrité
Sauront le découvrir dans son obscurité,
Et reconnaître enfin, sans le secours d'un autre,
Quel cœur je dois frapper pour mieux frapper le vôtre.
Adieu. Pourquoi ce bruit et ces cris redoublés ?

SCENE III.

DIANORE, UBERTI, GUISCARD, ALIGHÉRI.

(Guelfes armés d'épées et portant des flambeaux.)

GUISCARD.

Aux portes du palais les Guelfes rassemblés,
Seigneur, jusqu'à les rompre ont porté l'insolence.

UBERTI.

Que veulent-ils ?

DIANORE.

Grand dieu!

UBERTI.

Vous pâlissez!

ALIGHÉRI.

Vengeance !

UBERTI.

Que dis-tu ?

ALIGHÉRI.

Ce palais par nous enveloppé
Recèle un fugitif à nos coups échappé.

UBERTI.

Ce palais est le mien ; le fait est-il possible ?

ALIGHÉRI.

Le fait est vrai.

UBERTI.

Quel est ce proscrit ?

ALIGHÉRI.

Invisible

Sous le mobile acier dont il est revêtu,
Au premier rang, en brave il avait combattu.
Ne pouvant plus des siens arrêter la déroute,
Il fuit, mais c'est du moins par la plus noble route.
A travers les vaincus sous ses pas renversés,
A travers les vainqueurs devant lui dispersés,
Du plus prochain rempart il veut gagner la porte :
Vain espoir ! Du chemin Côme avec sa cohorte
Occupe la sortie, et bientôt mes soldats,
Pour en fermer l'entrée, accourent sur mes pas.
Comment aurait-il pu se soustraire à sa perte,
Si votre maison même, à sa détresse ouverte,
Ne l'avait protégé, depuis quelques momens,
Contre le juste effet de nos ressentimens ?

UBERTI.

(A Dianore.)   (Aux Guelfes.)

Madame!... A quel indice avez-vous pu connaître
Que mon propre palais est l'asile d'un traître ?

ALIGHÉRI.

Au rapport d'un soldat que ce traître a frappé,
A ce fer tout sanglant de ses mains échappé.

UBERTI (prend l'épée et l'examine.)

(A Dianore.)

Lisez ce nom ! L'objet de votre amour extrême,
Perfide, sur ce fer s'est dénoncé lui-même !

DIANORE (lit).

Doria !

UBERTI.

Doria ! Guelfes, plus de délais.
Des armes, des flambeaux ; parcourez ce palais.
C'est trop long-temps souffrir qu'un perfide y demeure ;
Vengez-vous, vengez-moi ; qu'on le trouve et qu'il meure.

DIANORE.

Gardez-vous d'obéir à cet ordre fatal.

(Bas à Uberti.)

Dussiez-vous même ici rencontrer un rival,
A des bras étrangers...

UBERTI.

Non... Calmez vos alarmes,
Madame ; et nous, amis, nous, par le droit des armes,
Arbitres souverains du sort d'un malheureux,
Ne nous prévalons pas de ce sort rigoureux
Pour combattre ou plutôt assassiner dans l'ombre
Un vaincu sans défense accablé par le nombre.

La fureur m'abusait... Devant ses pas errans,
Loin de les épaissir, éclaircissez vos rangs,
Et même dans le crime épargnez la faiblesse.
Et vous, dont à son sort la pitié s'intéresse,
Que tardez-vous, madame, à l'aller avertir
Que du lieu qui le cache il peut oser sortir ?
Je vous réponds de lui. Pour traverser la ville,
Qu'il reprenne ce fer, il lui peut être utile. (7)

(Il laisse l'épée et sort avec les Guelfes.)

SCENE IV.

DIANORE (seule).

Il m'en répond ! j'en crois sa générosité,
Mélange d'héroïsme et de férocité,
Qui prête à la pitié l'accent de la menace ;
Par pitié, toutefois, s'il daigne accorder grâce
Au rival que d'un mot il pouvait égorger,
Sent-il que ce rival qu'il croit être étranger
Sent-il que c'est son frère ? Ah ! nature, sans doute
Ta voix le lui révèle, et c'est toi qu'il écoute.
Oui, la nature seule a pu, dans un moment,
D'un si farouche esprit dompter l'emportement,
Et le forcer à rendre aux mains d'un adversaire
Ce fer qui leur manquait, ce fer si nécessaire.
Ce fer où du Génois le nom se voit tracé,
Aux mains de Thébaldo comment a-t-il passé ?
N'importe : empressons-nous d'en armer son courage.

5

Le silence succède aux clameurs de la rage.
La nuit nous favorise. Hélas! le malheureux
Pourra-t-il profiter de ce don généreux...?
Allons! Mais le voici.

SCENE V.

DIANORE, THÉBALDO.

DIANORE.

La fuite la plus prompte

Peut seule vous sauver.

THÉBALDO.

C'est déjà trop de honte.

DIANORE.

Les chemins devant vous sont ouverts.

THÉBALDO.

Armez-moi!

(Dianore lui remet l'épée.)

Le reste importe peu.

DIANORE.

Vous me glacez d'effroi!

En dégoût, en horreur vous avez pris la vie.

THÉBALDO.

Pourriez-vous un moment m'avoir prêté l'envie
De survivre à l'honneur de mon propre parti?
Sous ce toit protégé par le nom d'Uberti,
Des Guelfes quand j'ai fui la cohorte ennemie,
Je ne redoutais pas la mort, mais l'infamie,
Mais l'opprobre, pour moi pire que la douleur,

Mais l'échafaud, tout prêt à punir le malheur.
Assuré d'échapper à toute mort infâme...

DIANORE.

Je vous comprends. Je lis vos projets dans votre âme.
A quel usage affreux voulez-vous employer
Ce fer que l'amitié vient de vous renvoyer?
Ce fer qu'à votre bras un frère vient de rendre,
Va donc trancher vos jours au lieu de les défendre!
Si vous l'accomplissez, cet horrible dessein,
Songez-y, vous changez un frère en assassin;
De votre meurtre aussi vous me rendez complice:
Ni lui ni moi n'avons mérité ce supplice.

THÉBALDO.

Un supplice! en est-il, hélas! de plus affreux
Que celui qui s'attache à ce cœur malheureux,
Le remplit, le domine en ce péril extrême,
Au mépris de l'honneur et de l'amitié même?
Ne connaissez-vous pas mes secrets sentimens,
Les craintes, les desirs, les remords, les tourmens
Où je suis entraîné par le sort qui m'opprime?
De vertu qu'il était, mon amour devient crime:
Laissez-moi l'expier. Loin d'arrêter mon bras,
Livrez à sa fureur le dernier des ingrats,
Qui même en s'accusant, par des vœux téméraires
Outrage encor les droits du plus aimé des frères.
Oui, soit pour le punir, soit pour le soulager,
Dans mon cœur tout entier laissez-moi le plonger,
Ce fer qu'un frère accorde à ma main vengeresse
Ce fer, dernier présent que m'ait fait sa tendresse,

DIANORE.

Thébaldo, je ne puis approuver ces transports.
Je conçois vos chagrins et non pas vos remords.
Songez que votre amour, malgré sa violence,
S'enveloppait encor d'un généreux silence,
Même après le moment où votre affreux sénat
Publia d'Uberti le faux assassinat:
Songez que cet amour fatal, involontaire,
Pour moi sans doute encor ne serait qu'un mystère,
Si jusqu'en votre cœur je n'eusse été chercher
Un secret que l'honneur s'efforçait d'y cacher.
Ah! si puissant que soit l'amour qui vous tourmente,
L'amitié sur votre âme est encor plus puissante!
L'amitié qui tantôt le forçait d'endurer
Qu'aux mains du ravisseur qui vient nous séparer
L'objet de tous vos vœux fût remis par vous-même.
Mesurez son pouvoir sur cet effort extrême,
Et croyez qu'un penchant à ce point combattu
Ne tiendra pas long-temps contre tant de vertu.

THÉBALDO.

Contre un penchant pareil à celui qui m'emporte
Que peut, hélas! que peut l'amitié la plus forte?
Ah! n'attendez plus rien de ce malheureux cœur.
Du combat une fois je suis sorti vainqueur,
Mais ne voyez-vous pas au trouble qui m'accable
Que d'un combat nouveau ce cœur n'est plus capable,
Et que ce noble effet d'un trop faible remord
De ma vertu mourante est un dernier effort?

Laissez-moi dans la tombe emporter votre estime.
Détestant l'existence encor plus que le crime,
Mourant de désespoir plus que de repentir,
A prolonger mes jours pourrais-je consentir,
Sans céder en ingrat à la lâche espérance
De vous fléchir un jour par ma persévérance,
Et de vous entraîner, à force de pitié,
Jusqu'à trahir l'honneur, comme moi l'amitié ?
Cet aveu vous offense : eh bien ! j'aime à vous dire
Que je vois sans regret l'horreur qu'il vous inspire,
Si j'ai pu vous forcer par ma sincérité
A m'abhorrer autant que je l'ai mérité.
Voyez l'affreux désordre où ma raison s'égare,
L'avenir qui pour moi, qui pour vous se prépare ;
Repos, vertu, bonheur, tout s'est évanoui,
Cruelle ! et vous voulez que je vive encor.

DIANORE.

Oui.

THÉBALDO.

Qu'entends-je ?

DIANORE.

La pitié devrait vous y contraindre.

THÉBALDO.

La pitié !

DIANORE.

Moins que vous me croyez-vous à plaindre ?

THÉBALDO.

Celui que vous aimez va vous donner sa foi.

Oui.

DIANORE.

Vivez, hélas! vivez pour souffrir avec moi.

THÉBALDO.

Qu'ai-je entendu, grand Dieu!

DIANORE.

Qu'ai-je dit, malheureuse?

THÉBALDO.

Dianore, à demi ne sois pas généreuse:
Dis, que dois-je augurer de cet ordre absolu?

DIANORE.

Que l'horrible projet par ton cœur résolu
A jeté dans mon âme interdite, abattue,
Un trouble aussi puissant que celui qui te tue;
Qu'aussi faible que toi dans ces cruels momens,
Je ne puis plus cacher mes secrets sentimens.
Et qu'importe, après tout, quand ma terreur mortelle,
Mes larmes, mes sanglots, tout enfin le révèle,
Cet incurable amour, qu'habile à m'abuser,
Sous de vains noms long-temps j'ai voulu déguiser!
Thébaldo, c'est pour toi, par toi que je respire.
Si tu vis, je vivrai; si tu péris, j'expire.
Je ne crains pas le coup qui doit nous réunir:
Mais sitôt reculer devant notre avenir,
Mais voir dans la mort seule un terme à ta misère,
N'est-ce pas accuser, calomnier ton frère,
Et prouver que ton cœur ne croit plus aujourd'hui
Qu'il puisse aller pour toi jusqu'où tu vas pour lui?
Je le reverrai: pars; pars, et qu'il te souvienne
Que ton sort est le mien, que ta vie est la mienne;

Et qu'à ce fer jamais si tu dois recourir,
Tu recevras de moi le signal de mourir.

THÉBALDO.

Accablé sous le poids d'un bonheur qui m'étonne,
Mon cœur à tes desirs tout entier s'abandonne.
Mon bonheur est bien grand! mon frère, hélas! pourquoi
Faut-il que ce bonheur soit un malheur pour toi?
Et je l'accepterais! et j'aurais la constance
De rejeter, ami, sur ta triste existence,
Et les maux que mon cœur ne peut pas supporter,
Et les maux plus affreux qu'au tien doit apporter,
Au tien, qui de m'aimer fait sa plus douce étude,
D'un frère et d'un ami la double ingratitude!

(A Dianore.)

Si de vous posséder j'eus un moment l'espoir,
Je l'abjure; je pars pour ne plus vous revoir.
Je vous rends. Je vous cède à votre destinée,
Qui jamais à mon sort ne dut être enchaînée.
Dianore! Uberti! laissez un malheureux
Qui vous aime et vous fuit à jamais tous les deux.

FIN DU QUATRIÈME ACTE.

ACTE CINQUIÈME.

Il fait jour.

SCENE I.

DIANORE, MATHILDE.

DIANORE.

Le lui nommer, Mathilde! et pouvais-je à son frère,
Pouvais-je révéler ce dangereux mystère,
A l'instant où ce frère, enflammé de courroux,
Epouvantait ces lieux de ses transports jaloux;
A l'instant où, déçu dans sa triste espérance,
Ne respirant qu'amour ou plutôt que vengeance,
Ce frère, qu'égarait un sentiment fatal,
Dans son meilleur ami n'aurait vu qu'un rival?
D'ailleurs le temps, les lieux, les témoins, tout, je pense,
Tout à dissimuler condamnait ma prudence.
Ah! de tous les moyens ceux que j'ai préférés
Sans doute par le ciel m'ont été suggérés.
Le succès les couronne.

MATHILDE.

Oui, j'en ai l'assurance.
Thébaldo n'était plus dans les murs de Florence,
Quand l'aube a reparu , quand le jour qui nous luit,
Révélant aux regards les crimes de la nuit,
Nous a montré partout, en cette triste ville,
Les vestiges sanglans de la guerre civile.

DIANORE.

Il est sauvé !

MATHILDE.

Guiscard, qui l'a suivi de loin ,
Prêt à le secourir, s'il en était besoin,
L'a vu tranquillement traverser les cohortes
Qui parcouraient nos murs ou veillaient à nos portes,
Et bientôt par-delà.....

DIANORE.

Je respire ! Uberti
De mon dernier desir est sans doute averti.
Sa fierté daigne-t-elle, ainsi que je l'en presse,
D'un dernier entretien m'accorder la promesse ?

MATHILDE.

On l'a cherché long-temps. Ses amis, ses soldats ,
Ignoraient vers quels lieux s'étaient portés ses pas ;
Lorsqu'enfin sur la place on le voit reparaître.
Guiscard l'aborde alors : Guiscard lui fait connaître
. L'objet de son message et de votre desir.
« A la revoir, dit-il , j'aurai quelque plaisir,
« Je suis heureux enfin. »

DIANORE.

Heureux !

MATHILDE.

Un ris farouche
Démentait toutefois ce que disait sa bouche.

DIANORE.

Et Thébaldo, dis-tu, sans être inquiété.....

MATHILDE.

N'en doutez pas, madame ; il est en sûreté ;
Il échappe aux horreurs de cette nuit funeste.
Il est hors de ces murs : le temps fera le reste.

DIANORE.

On vient : c'est Uberti.

SCENE II.

LES PRÉCÉDENS, UBERTI.

UBERTI.

L'état et ses besoins,
Madame, en ce moment réclament tous mes soins.

DIANORE.

Tous vos soins !

UBERTI.

Quel motif vous porte à m'en distraire ?

DIANORE.

Je voulais vous parler, seigneur, de votre frère.

UBERTI.

De mon frère! et pourquoi vous occuper de lui?
Près de moi pensez-vous qu'il ait besoin d'appui?

DIANORE.

Si vous croyez, seigneur, qu'à ce point je m'abuse,
Dans ma reconnaissance, ah! voyez mon excuse!
Après trois ans de soins si généreux, si doux...

UBERTI.

A l'amour près, il eut tous mes torts envers vous.
Pour celle que j'aimais sa tendre inquiétude
Lui donne aussi des droits à votre ingratitude ;
Mais ces droits n'en sont pas, madame, à mon oubli.
Quelle main, si ce n'est celle de mon ami,
Madame, quelle main assez tendre, assez pure,
De ce cœur déchiré peut soigner la blessure ?
Honteux de ma faiblesse, et surtout résolu
A ne plus retomber sous l'empire absolu,
L'empire humiliant, fantasque, insupportable
D'un sexe plus perfide encor qu'il n'est aimable,
Mais n'en gardant pas moins dans mon cœur enflammé
Le généreux besoin d'aimer et d'être aimé ,
C'est sur le seul ami qui reste à ma tristesse
Que je veux reporter cette part de tendresse
Qu'une erreur dont j'ai honte ou tout au moins pitié,
Déroba trop long-temps aux droits de l'amitié.
Désormais la fortune, ou propice ou contraire ,
Ne séparera plus le frère de son frère.
Mon frère est tout pour moi. Ce palais qu'il a fui,
Sans lui m'est plus affreux que l'exil avec lui.

S'il n'y revient, malheur aux murs qui m'ont vu naître,
Aux murs que j'ai sauvés ! J'ai déjà fait connaître
Au conseil de nos chefs assemblés à ma voix,
Quelle grâce j'attends pour prix de mes exploits :
C'est le rappel d'un frère. Ah! je me plais à croire
Que ce frère est assez absous par ma victoire ;
Et que tant d'exilés rétablis par mon bras
S'en souviendront assez pour n'être pas ingrats.

DIANORE.

N'en doutez point. Qui donc oserait dans Florence
Pour votre volonté manquer de déférence ?
Qui pourrait s'opposer à ce noble desir ?
Vous n'avez qu'à vouloir, seigneur, pour réussir.
Si jamais, croyez-moi, quelque obstacle s'oppose
Au succès qu'aujourd'hui votre cœur se propose,
Le dirai-je ?

UBERTI.

Achevez !

DIANORE.

Le plus puissant de tous

Viendra de vous.

UBERTI.

De moi, madame!

DIANORE.

Oui, de vous.

UBERTI.

Que ne puis-je à l'instant, par un grand sacrifice,
D'un si cruel soupçon confondre l'injustice!
Mais j'aperçois Corso.

SCENE III.

LES PRÉCÉDENS, CORSO.

UBERTI.

Que viens-tu m'annoncer?

CORSO.

La grâce de ton frère.

UBERTI.

On l'a pu prononcer!

CORSO.

Pour lui ne sait-on pas quelle amitié t'anime?
Le conseil a jugé, d'une voix unanime,
Qu'un nom qui t'appartient ne peut rester inscrit
Sur le tableau fatal des traîtres qu'il proscrit.
Soustrait à la rigueur de la loi qui l'exile,
Thébaldo dès ce jour peut rentrer dans la ville.

UBERTI.

Tu m'as rendu mon frère! ô ciel, je te bénis:
Ta colère s'apaise, et mes maux sont finis.
   (A Corso.)
En ces murs, tu le sais, plus d'un devoir m'arrête.
J'implore ton secours : tu connais la retraite
Où j'exposai d'abord aux Guelfes étonnés
Les projets que depuis le sort a couronnés;
Là Thébaldo m'attend; cours, ami, que ton zèle
Offre à ses yeux surpris l'ordre qui le rappelle,
Le rend à sa patrie, à ses amis, à moi !

CORSO.

Tu seras satisfait, noble Uberti.

(Il sort.)

SCÈNE IV.

DIANORE, UBERTI, MATHILDE.

UBERTI.

Pourquoi,
Au seul être de qui je sois aimé, que j'aime,
Pourquoi permettre ainsi qu'un autre que moi-même
Annonce le bonheur...?

DIANORE.

Où portez-vous vos pas?

UBERTI.

Je cours chercher mon frère!

DIANORE.

Il ne vous suivra pas.

UBERTI.

Qui l'en empêcherait?

DIANORE.

Je l'ai dit ; vous!

UBERTI.

Cruelle,
Osez-vous bien choisir, pour accuser mon zèle,
L'instant où je le laisse éclater tout entier,

Où vous me voyez prêt à tout sacrifier
A l'unique intérêt qui touche encor mon âme!

DIANORE.

Vous lui sacrifieriez les droits que votre flamme...?

UBERTI.

Quoi de commun, madame, en ce fortuné jour,
Entre mon triste frère et ce fatal amour?

DIANORE.

Vous le sauriez, seigneur, si votre violence
Ne m'avait pas contrainte à garder le silence
Au moment où, cédant à plus d'un intérêt,
J'allais à votre honneur confier ce secret.
A présent qu'aux erreurs d'un caractère extrême
La vérité ne peut exposer que moi-même,
Qu'elle seule surtout peut encore écarter
Les malheurs qui sur vous sont tout près d'éclater,
Ma pitié veut bien faire à celui qui m'opprime
L'aveu qu'un peu plus tôt vous eût fait mon estime,
L'aveu que dans mon cœur vous avez renfermé :
Votre frère...

UBERTI.

Mon frère!

DIANORE.

Il m'aime.

UBERTI.

Il est aimé !

DIANORE.

Oui.

UBERTI.

Votre perfidie était assez visible :
Mais lui, me trahir ! lui ! non, non, c'est impossible.

DIANORE.

Nous nous aimons, seigneur, mais j'atteste ma foi
Que vous n'êtes trahi ni par lui ni par moi.
Sur nos communs malheurs si vous pouviez m'entendre !

UBERTI.

Un frère que j'aimais d'une amitié si tendre !
Un frère à qui mon cœur a tout sacrifié !
Un frère ainsi trahir l'honneur et l'amitié !
Vous me trompez, ou bien vous vous trompez, madame.

DIANORE.

N'en croyez-vous donc pas le trouble de mon âme,
Le trouble où sont plongés mes sens épouvantés ?

UBERTI.

Vous l'aimez, il vous aime, et vous vous en vantez !
Sachez que Doria meurt pour un moindre outrage.

DIANORE.

Je sais à quel excès peut monter votre rage.
Ardent, extrême en tout, je sais que votre cœur
Ne peut aimer, ne peut haïr qu'avec fureur ;
Qu'une fois offensé, jamais il ne pardonne :
Sans réserve à sa rage. eh bien ! je m'abandonne.
Veut-il du sang... ? pourquoi tarder à vous venger ?
Frappez ! versez le mien, il vous est étranger ;
Mais celui d'un frère !

UBERTI.

Ah ! pour verser l'un ou l'autre,

Ai-je la cruauté de mon frère ou la vôtre ?
Sais-je tout immoler à l'étroit intérêt
Près duquel, pour vous deux, tout autre disparaît ?
Et les nœuds du serment qu'outrage le parjure,
Et les nœuds plus sacrés formés par la nature,
Par l'amitié qui même à l'heure où je vous vois
Dans mon cœur pour ce traître élève encor la voix !

DIANORE.

Ne fermez pas votre âme à sa voix, à la mienne !
Il vous est toujours cher ! eh bien ! qu'il vous souvienne
Que ce frère accusé par vos transports jaloux,
Digne de l'amitié qu'il trouve encore en vous,
Jusqu'à ce jour fatal, à cette amitié sainte
N'avait jamais porté la plus légère atteinte :
Est-ce à présent, seigneur, qu'il voudrait outrager
Des droits qu'en votre absence on lui vit protéger ?
Il les défend, malgré votre injustice extrême,
Et contre son amour et contre le mien même
Qu'enfin votre retour sous le toit paternel
A pu rendre funeste et non pas criminel.

UBERTI.

A tous les deux sans doute, et sa fuite l'atteste,
Ce criminel amour ne peut qu'être funeste.
Qui pourrait l'affranchir des remords qu'il ressent ?
Pourquoi me fuirait-il s'il était innocent ?
L'ingrat, en m'affligeant, pense donc qu'il m'irrite ?
Il se croit poursuivi du courroux qu'il mérite.
Il me connaît bien mal...! Quand on se voit trahir
Par un de ces ingrats qu'on ne saurait haïr,

A son sort, je le sens, il faut qu'on s'abandonne;
Et, sans se plaindre même, on meurt, et l'on pardonne.

DIANORE.

Lui pardonner! et quoi? d'avoir sacrifié
Tous les droits de l'amour à ceux de l'amitié?
Pour vous, non-seulement il fuit celle qu'il aime,
Celle qui le chérit, mais c'est à l'instant même
Où le funeste aveu qu'il a tant desiré
S'échappe malgré moi de mon cœur déchiré,
Que d'un tourment soudain retombé dans un autre,
Qu'effrayé d'un bonheur qu'il croit pris sur le vôtre,
Le désespior dans l'âme il s'arrache à ces lieux,
Et vous bénit encor dans ses derniers adieux :
Ces sentimens, seigneur, ne sont pas ceux d'un traître.

UBERTI.

Mon frère !

DIANORE.

De mon cœur il veut vous rendre maître.
Plus généreux encor que vous n'êtes jaloux,
Quand je me donne à lui, son cœur me rend à vous.
A l'hymen qu'en fuyant il vient de me prescrire
Peut-être aurais-je aussi la force de souscrire,
Si je pouvais vous rendre, en contractant ces nœuds,
Au prix de tout le mien, le repos à tous deux.
Mais après les aveux qu'une imprudente estime
A faits à votre cœur qu'elle a cru magnanime,
C'est par un autre effort, Uberti, que je crois
Pouvoir mettre enfin terme aux malheurs de tous trois.

Je ne souffrirai plus qu'un fol amour altère
L'amitié qui devait vous rapprocher d'un frère.
L'un et l'autre à jamais renoncez à ma foi.
Je ne suis plus à vous, je ne suis plus à moi :
J'appartiens à Dieu seul ; en son temple tranquille
Je cours de ce pas même implorer un asile,
Et contre vos fureurs, à ses autels jaloux,
Me faire un protecteur plus terrible que vous.
Adieu.

UBERTI.

Non, demeurez, demeurez, insensée !
Quel est votre projet ? quelle est cette pensée ?
Je suis haï. Livrez mes jours à la douleur ;
Mais pourquoi sur mon frère étendre mon malheur ?
Vous l'aimez ! du hasard cet amour est l'ouvrage ;
Ah ! lorsque ma raison n'y peut voir un outrage,
Vous puniriez celui qu'elle a justifié !
De l'un de nous, cruelle, ayez du moins pitié.
Mon frère...! Je suivrai l'exemple qu'il me donne.
Aux droits qu'il me croyait son cœur vous abandonne.
Aux droits qu'il a le mien veut vous rendre. Ah ! je doi,
Je veux faire pour lui ce qu'il eût fait pour moi.
Soyez à lui.

DIANORE.

Grand Dieu ! qu'ai-je entendu ?

UBERTI.

Qu'il vienne.

Dans votre main c'est moi, moi qui mettrai la sienne.
Quel objet apparaît à mon œil ébloui ?

SCENE V.

DIANORE, UBERTI, MATHILDE, DORIA.

UBERTI.

Vivrais-tu, Doria?

DORIA.

N'es-tu pas heureux?

UBERTI.

Oui.

DORIA.

Aux armes! C'est l'instant de tenir ta parole.

UBERTI.

La mienne, tu le sais, n'a pas été frivole.
De ces lieux, où tantôt tu cachais ton effroi,
Quand j'écartais la mort prête à fondre sur toi;
Quand j'armais ta détresse, à travers cette ville
Quand je te ménageais un passage tranquille,
Qu'ai-je voulu? sinon m'assurer le bonheur
De t'abattre à mes pieds dans les champs de l'honneur?
J'ai couru t'y chercher. Mais cet honneur insigne,
Je m'en rapporte à toi, t'en es-tu montré digne?
Au premier coup frappé sur ton glaive incertain,
N'est-il pas échappé de ta débile main?
J'ai honte d'un combat où j'ai vaincu sans gloire;
Fuis!

DORIA.

Que me parles-tu de combat, de victoire?
Où donc m'as-tu rejoint?

UBERTI.

Hors des murs.

DORIA.

              Uberti,

De vos murs cette nuit je ne suis pas sorti;
Je ne suis pas rentré dans ce palais hostile,
Où je cherche une lice et non pas un asile.

UBERTI.

A l'éternel opprobre où tu vas retomber
Par l'imposture en vain tu crois te dérober :
Plus d'un témoin t'accuse.

DORIA.

        Et lesquels ?

UBERTI.

            Ton épée

A ta tremblante main dans ta fuite échappée,
Et ton nom sur l'acier imprudemment tracé.

DORIA.

Aux mains de Thébaldo ce glaive avait passé :
J'en fis contre le sien un honorable échange,
Quand aux coups des brigands soustrait par lui...

UBERTI.

(A Dianore.)   Qu'entends-je ?

S'il dit vrai, quel était ce mortel effrayé,
Ce proscrit qu'accueillit tantôt votre pitié ?

DIANORE.

Ce proscrit qu'épargna tantôt votre colère,
Votre cœur vous l'a dit, c'était...

UBERTI.

        Qui ?

DIANORE.

Votre frère.

UBERTI.

A quelle horreur, grand Dieu! m'aurais-tu destiné?

DIANORE.

Il est sauvé, seigneur!

UBERTI.

Il est assassiné!

Assassiné par moi!

SCENE VI.

DORIA, DIANORE, UBERTI, CORSO, MATHILDE, GUELFES.

UBERTI.

Me rendras-tu mon frère?

CORSO.

Ne m'interroge pas.

UBERTI.

Dis-moi tout.

CORSO.

Téméraire!

UBERTI.

Ne le verrai-je plus?

CORSO.

Ah! si tu le revois....

UBERTI.

Achève.

CORSO.

Ce sera pour la dernière fois.
Je l'ai trouvé sans force étendu sur l'arène.
Atteint d'un coup mortel, il respirait à peine.
C'est en vain que Spada, par ses secours...

UBERTI.

Je veux
Lui porter tous les miens.

CORSO.

J'ai prévenu tes vœux.
Nos compagnons, pleurant vos communes misères,
L'apportent sous le toit qu'ont habité vos pères.
Le voici.

SCENE VII ET DERNIÈRE.

LES PRÉCÉDENS, SPADA, THÉBALDO (PORTÉ
PAR DES SOLDATS).

DIANORE.

Thébaldo! Thébaldo!

THÉBALDO.

Quelle voix
Du sein de la mort même... O ciel! je vous revois,
Des malheurs de mon sang cause funeste et chère.
Où donc est Uberti?

UBERTI.

Ton assassin !

THÉBALDO.

Mon frère !

UBERTI.

Me conserver ce nom après un tel forfait ?

THÉBALDO.

Cher Uberti, pour moi la mort est un bienfait.

DIANORE.

Barbare !

THÉBALDO.

Elle affranchit ma déplorable vie
Du crime ou du malheur qui l'aurait poursuivie.
Mon bras m'aurait trahi s'il avait écarté
Le coup, le juste coup que ton bras m'a porté ;
Il aurait prolongé mon crime et mon supplice.
Qu'as-tu fait, après tout, qu'un acte de justice ?
Ton bras à Doria croyait être fatal :
Comme lui Gibelin, comme lui ton rival,
J'avais droit à son sort.

UBERTI.

Le sénat te rappelle,
Dianore est à toi ; l'amitié fraternelle,
Première passion de ton cœur et du mien,
T'attendait pour t'unir d'un éternel lien
Au noble et tendre objet que ta fuite héroïque
Abandonnait aux droits d'un amour tyrannique.

Tu n'es pas mon rival, tu n'es pas un proscrit :
Je suis un assassin !

THÉBALDO.

Tout au ciel est écrit.

De la fatalité jouet involontaire,
Sous ce joug l'homme en vain se débat sur la terre :
Le bien qu'il a cherché, le malheur qu'il a fui,
L'évite quoi qu'il fasse, ou l'atteint malgré lui :
De sa volonté même à peine a-t-il l'usage.
Mon bonheur de la tienne aurait été l'ouvrage !
Viens : d'un si noble effort, d'un si beau dévoûment
Laisse-moi te payer par cet embrassement.
Madame, vous voyez la douleur qui l'accable.
Il est plus malheureux que le sort n'est coupable.
Veillez, veillez sur lui, c'est tout ce que je veux.
Et toi, souscris, mon frère, au dernier de mes vœux.

UBERTI.

Parle : c'est une loi, je jure de la suivre.

THÉBALDO.

A nos communs malheurs c'est jurer de survivre ;
C'est jurer devant Dieu, que j'en prends à témoin,
De conserver des jours dont Florence a besoin.

UBERTI.

Penses-tu...

THÉBALDO.

Trop long-temps les discordes civiles

Ont ravagé nos champs, ont désolé nos villes,
Divisé les amis, désuni les parens,
Criminels à l'envi sous des noms différens :

Il faut y mettre un terme. Egaux par la misère,
Aux vainqueurs, aux vaincus la paix est nécessaire. (8)
Que chacun te la doive et sache qu'Uberti
Est l'homme de l'état et non pas d'un parti;
Que du bonheur public il attendait sa gloire.
A ce prix, en mourant, je bénis ta victoire.
Uberti, Dianore, ah! ne me plaignez pas :
Ma patrie est sauvée et je meurs dans vos bras.

FIN DU PROSCRIT.

NOTES ET REMARQUES

LES GUELFES ET LES GIBELINS.

PAGE I, VERS 2.

(1) *Le grand nom d'Uberti.*

La famille des Uberti, l'une des plus anciennes de Florence, a joué au treizième siècle un grand rôle dans les guerres civiles qui désolèrent cette malheureuse cité. Elle était à la tête des Gibelins.

PAGE 2, VERS 21.

(2) *Pour servir sous un prêtre ou sous un empereur.*

Les factions désignées par les noms de *Guelfes* et de *Gibelins* naquirent en Allemagne, vers 1125. L'empereur Henri V étant mort sans enfans, les princes de l'empire, assemblés à Worms pour lui donner un successeur, avaient été partagés entre deux maisons puissantes, celle de *Gueibelinga* ou *Waiblinga*, du nom d'un châ-teau situé dans les montagnes de Hertfeld, au diocèse d'Augsbourg; et celle d'Altdorf, maison bavaroise, qui avait eu pour chefs plu-sieurs princes du nom de *Welf* ou *Guelfe*. Conrad de Franconie qui eut de longs démêlés avec les papes, étant de la faction gi-

NOTES ET REMARQUES

LES GUELFES ET LES GIBELINS.

PAGE 1, VERS 2.

(1) *Le grand nom d'Uberti.*

La famille des Uberti, l'une des plus anciennes de Florence, a joué au treizième siècle un grand rôle dans les guerres civiles qui désolèrent cette malheureuse cité. Elle était à la tête des Gibelins.

PAGE 2, VERS 21.

(2) *Pour servir sous un prêtre ou sous un empereur.*

Les factions désignées par les noms de *Guelfes* et de *Gibelins* naquirent en Allemagne, vers 1125. L'empereur Henri V étant mort sans enfans, les princes de l'empire, assemblés à Worms pour lui donner un successeur, avaient été partagés entre deux maisons puissantes, celle de *Gueibelinga* ou *Waiblinga*, du nom d'un châ-teau situé dans les montagnes de Hertfeld, au diocèse d'Augsbourg; et celle d'Altdorf, maison bavaroise, qui avait eu pour chefs plusieurs princes du nom de *Welf* ou *Guelfe*. Conrad de Franconie qui eut de longs démêlés avec les papes, étant de la faction gibeline, Henri de Bavière, son compétiteur, chef de la maison guelfe, se déclara, comme de raison, en faveur de l'église pour s'en faire un appui. Après s'être battus en Allemagne, les *Guelfes* et les *Gibelins* étant venus se battre en Italie, l'Italie se divisa en factions qui prirent la dénomination de celle de ces familles dont elles épousèrent les intérêts, et par la suite, le nom de *Gibelins* y resta à ceux qui voulaient que l'Italie relevât des empereurs, et le nom de *Guelfes* à ceux qui voulaient qu'elle relevât des papes. Ces deux factions se proscrivirent et s'entr'égorgèrent pendant trois siècles, pour se donner un maître et non pour s'affranchir de tous les deux.

PAGE 24, ACTE II, SCÈNE 2.

(3) Cette scène a été lue, en 1809, dans une séance publique de l'Institut, et traduite en vers italiens par un des membres de la députation de Florence, qui se trouvait alors à Paris.

PAGE 30, VERS 2. .

(4) *Que tout Guelfe y conspire et la jure avec moi.*

Ceci rappelle un trait de l'histoire de Florence. En 1260, après une bataille sanglante que les *Guelfes* et les *Gibelins* se livrèrent à Monte-Aperto, sur les bords de l'*Arbia*,

Che fece l'Arbia colorata in rosso,

dit le Dante, les vainqueurs, c'étaient les *Gibelins*, délibérèrent de détruire de fond en comble la cité qui les avait rejetés de son sein. La résolution allait passer, quand *Farinata degli Uberti* qui, plus que tout autre avait contribué à la victoire, tirant son épée, menaça de mort ceux qui oseraient vouloir la ruine de la patrie, et leur fit abjurer cette volonté sacrilège.

Ce *Farinata* était un esprit fort. Le Dante le place en enfer pour ses opinions philosophiques ; mais il rend une éclatante justice à son patriotisme, en immortalisant ce trait héroïque par ces vers qu'il met dans la bouche de ce généreux damné :

Fu io sol cola dove sofferto
Fu per ciascun di torre via Fiorenza
Colui che la difese à viso aperto.

Inferno. Can. x.

Farinata est une de ces figures fières que le Dante se complaisait à dessiner.

page 45, vers 24.

(5) *Qu'il est amer parfois le pain de l'étranger !*

Ce n'est pas du pain dont les proscrits français ont goûté en Belgique que cela peut se dire. L'auteur de ce vers n'oubliera jamais la cordialité avec laquelle il a été reçu à Bruxelles , à Liége, à Louvain, à Ath , à Anvers , à Gand et dans les châteaux de Wesplaer , de Bazel et de Schiplakeu ; il se plaît à en consigner ici le témoignage. La vérité exprimée dans ce vers lui fut pourtant démontrée par l'expérience. L'exil avait inspiré déjà des sentimens pareils au Dante.

Tu proverai sì come e sa di Sale
Lo pane altrui , e com' è duro calle
Lo scendere e'l salir per l'altrui scale.

Paradiso. Can. xviii.

page 56, acte 1er, scène 1re.

(6) Cette scène qui prépare l'effet du quatrième acte , devait être substituée à la scène qui l'avait d'abord ouvert. Mais aucune considération n'a pu obtenir de M. Firmin l'effort de mémoire qu'il lui fallait faire pour apprendre les sept vers ajoutés à son rôle.

C'est dans l'intérêt général que l'on consigne ici ce fait. La révélation n'en sera profitable en aucune manière à l'auteur des *Guelfes ;* mais elle peut l'être [aux auteurs qui ont des rôles à distribuer , et qui , sans être trop exigeans , voudraient trouver dans leurs acteurs autant de bonne volonté que de talent.

Quand on publie les détails d'une *autopsie*; quand on fait connaître les procédés du docteur entre les mains duquel un pauvre homme a passé de vie à trépas , çe n'est pas pour le bien du mort qu'on le fait , mais pour celui des vivans. Que les vivans donc fassent leur profit de cette confidence.

PAGE 65 , VERS 8.

(7) *Qu'il reprenne ce fer : il lui peut être utile.*

On trouve dans les *Vépres Siciliennes* de M. Delavigne un mouvement assez semblable à celui-ci. Un mot expliquera ce fait. Les *Guelfes* ont été faits long-temps avant les *Vépres Siciliennes*, et les *Vépres Siciliennes* ont été représentées long-temps avant les *Guelfes*. Il y a eu rencontre d'idée, mais non pas emprunt. S'il en était autrement, l'auteur des *Guelfes* se ferait un devoir d'avouer la dette. Il n'y a pas de honte à emprunter aux riches.

PAGE 91 , VERS 2.

(8) *Aux vainqueurs , aux vaincus la paix est nécessaire.*

Telle est la vérité que l'auteur 's'est appliqué à démontrer par cette tragédie. En réunissant dans un même cadre le tableau de tous les malheurs que les discordes civiles peuvent amener dans un état, dans une cité, dans une famille, dans les relations les plus intimes, il a voulu en inspirer l'effroi, et par là amener les esprits à l'amour de la paix. L'auteur des *Guelfes* pourrait dire comme le Dante :

> *O voi , ch'avete gl'inteletti sani ,*
> *Mirate la dottrina che s'asconde*
> *Soto 'l velame degli versi strani.*

INFERNO. CAN. IX.

« C'est à vous, esprits justes, à saisir le sens caché sous cette allégorie. »

FAUTE IMPORTANTE A CORRIGER.

Page xvj, liste des personnages, au lieu de M. FIRMIN, *lisez* : LE SOUFFLEUR.

OEUVRES DE A. V. ARNAULT,

DE L'ANCIEN INSTITUT.

8 Volumes in-8°.

Chaque volume. . . . 7 fr.
Papier vélin. . . . . 12 fr.

Sous presse.

LA MORT DE TIBÈRE,

TRAGÉDIE EN CINQ ACTES,

PAR M. LUCIEN ARNAULT.